岩波文庫

32-297-1

狐になった奥様

ガーネット作
安藤貞雄訳

David Garnett

LADY INTO FOX

1922

目　次

狐になった奥様……………………………五
解　説……………………………………一三七

狐になった奥様

ダンカン・グラントに

不思議な、あるいは超自然的な事件は、さほどまれなものではない。むしろ、その起こり方が不規則なのだ。たとえば、一世紀のあいだ、これといった異変はひとつもないこともあるし、かと思うと、異変が大挙して押し寄せることもよくある。あらゆる種類のモンスターがにわかに地上に群がり、流星が空に燃え、日蝕・月蝕が自然界をおびやかし、隕石が雨と降りそそぐ一方、人魚や海の精セイレーンがひとをたぶらかし、海へビが通りすがる船という船を波間に巻きこみ、おそろしい天変地異が人間界に襲いかかる、といった具合だ。

ところが、わたしがここに語ろうとする奇っ怪な事件は、ただひとつ、助けもなく、連れもなく、敵意のある世界にやって来たのだ。そして、まさにそのために、世間一般の注意をほとんど惹《ひ》くところとならなかったのである。

なにしろ、テブリック夫人が、突然、狐に変身したことは、どのように説明しようと勝手だが、ひとつの確立した動かせない事実なのだ。たしかに、最大の難点は、この事実を説明して、わたしたちの常識と折り合いをつけることであって、あれほど完全に証明されている話を真実として受けいれることではない。

しかも、その証人は、一人ではなく、十数人もいるのだし、いずれもまっとうなひとたちで、ぐるになって口裏を合わせる虞《おそれ》はみじんもないのである。

ともあれ、ここでは、この事件と、続いて起こったことがらを、ありのままに述べるにとどめたい。

しかし、もしも読者のなかに、この一見奇蹟と思われる事件を説明しようという向きがおありなら、わたしは、それに水を差すつもりは毛頭ない。これまでのところ、とことん納得のいくような説明は、何ひとつ提示されていないからだ。

思うに、ことをいっそう困難にしているのは、この変身が起こったのが、テブリック夫人が成熟した女性になっていたときであり、しかもその変身が、突如、あっと言うまに起こったことではないだろうか。

まず尻尾が生え、徐々に毛が全身をおおい、成長作用によってゆっくりと全身が変化していったのであれば、途方もないことであったにせよ、社会通念と折り合いをつけるのに、それほど困難ではなかっただろう。幼い子どもに起こったのであれば、なおさらのことである。

しかし、この場合は、まったく事情が異なっている。一人まえの女性が、瞬時に狐に変身したのだ。これを自然科学で説明してのけるなんてできっこない。現代の唯物主義も、ここでは役に立つまい。これは、まさしく奇蹟なのだ。まったく人間世界の外から来たものなのだ。

聖書の黙示録の権威に装われているのに出くわしたのであれば、わたしたちも進んで信じもしようが、ほとんど現代に、オックスフォードシャーで、隣人のあいだで起こっているのに出くわす心の準備はできていないのである。

多少でもこの説明に役立ちそうなことは、おしなべて当て推量でしかない。それをここに挙げるのは、少しでも役立ちそうだと考えるからではなく、何事も包み隠したくないからである。

テブリック夫人の旧姓は、たしかに、フォックスと言った。あるいは、以前、そのような奇蹟が起こり、一族は、そのために、フォックスという名前を渾名《あだな》としてつけられたのかもしれない。一族は、由緒ある家柄であり、大むかしからタングリー・ホールに屋敷をかまえていた。

そのむかし、タングリー・ホールの中庭に、半ば飼いならされた狐が一匹、鎖で繋がれていたのも、また事実である。パブにたむろする憶測好きな連中が、わけ知り顔にそのことを盾にとって大いに吹聴するのを、わたしも何度か耳にしたことがある――もっとも、そういう手合いにしても、「ミス・シルヴィアのころには、もう狐はいなかった」と認めざるをえなかったのだが――。

はじめのうち、わたしは、シルヴィア・フォックスが十歳のとき、狐狩りに連れていかれて、仕留めた狐の血を顔に塗られる、という血の洗礼を受けたことのほうが、もっと有力な説明になるのではないか、という考えに傾いていた。どうやらシルヴィアは、そのことでひどくおびえるか、うんざりするかして、狩りのあとで嘔吐《おうと》したらしいのだ。しかし、いまでは、このことが奇蹟自体と大きなかかわりがあるとは、わたしには思えない。よしんば、それ以後というもの、シルヴィアは、狐狩りの季節になるといつも、「かわいそうな狐」と言い言いし、結婚して夫に説き伏せられるまで、一度だって狐狩りをしたことがなかったことは、周知の事実だとしても、である。

シルヴィアは、一八七九年、短い求婚期間のあと、リチャード・テブリック氏と結婚した。ハネムーンから戻ると、オックスフォードシャーのストーコウにほど近い、ライランズに落ち着いた。じつは、一点だけ確かめることができなかったのだが、それは、二人のそもそもの馴れそめはどのようなものであったか、ということだ。

タングリー・ホールは、ストーコウから三十マイル以上も隔たっていて、しかも、おそろしく辺鄙《へんぴ》なところにある。事実、今日まで道らしい道も通じていないのだ。タングリー・ホールが、数マイル一帯で主要な、それどころか、唯一の領主邸であることを思えば、これは、なおさら驚くべきことと言わなければならない。

たまたま道で出逢ったことからか、それとも、それほどロマンチックではないが、もっとありそうなことは、テブリック氏が、オックスフォードの聖堂準参事会員であるシルヴィアのおじと知り合いになり、その縁でタングリー・ホールに招かれたからか、その辺のところは不明である。

しかし、どのようにして知り合ったにせよ、二人の結婚は、きわめて幸福なものだった。花嫁は二十三歳だった。小柄で、すばらしく小さな手足をしていた。

おそらく、注目に値することは、シルヴィアの容姿には、狐を想わせるものはどこにもなかった、ということだ。それどころか、シルヴィアは、人並みすぐれた美貌で、感じのいい女性だった。

目はすき通るような薄茶色で、異常にキラキラと輝いていた。髪は黒っぽくて、赤みを帯びていた。肌は小麦色で、わずかだが黒っぽいソバカスと小さなホクロがあった。ものごしは、はにかみ屋と言ってもいいくらい控えめだったが、この上なく冷静で、申しぶんなく上品だった。

シルヴィアは、りっぱな信念と相当な教養のある家庭教師にきびしく育てられたが、その女性は、二人が結婚する一年ほどまえに亡くなっていた。

母親は、もう何年もまえに亡くなっており、父親は、床につきっきりで、亡くなるまえのしばらくのあいだは、少し頭がおかしくなっていたという事情もあって、おじのほかは、タングリー・ホールを訪れるひとはまれだった。

おじは、たてつづけに一、二か月も滞在することがよくあった。シギ撃ちが大好きなので、シギがそこの谷間にいくらでもいる冬場は、ことに長逗留が多かった。

シルヴィアが成長して田舎のおてんば娘にならなかったのは、家庭教師の厳格なしつけと、おじの感化力ということで説明がつく。しかし、もしかすると、幼少時に、あのような、うら寂しい場所に住んでいたために、宗教的な教育にもかかわらず、多少野性的な気質が身についたのかもしれない。

年老いた乳母の話では、「シルヴィアお嬢さまは、幼いときから、心底はちょっぴり

・やんちゃなところがおありでした」とのことだが、たとえそのとおりだとしても、夫のほかは、だれもそんなところを見たものはいなかった。
　一八八〇年が明けてまもない、ある日の昼下がり、夫婦は、ライランズの北側の小さな丘の雑木林を散歩していた。二人は、当時、いまだに恋人同士のようにふるまっていて、いつもいっしょだった。

　散歩しているうちに、遠くで猟犬のほえ声が聞こえ、つづいて、ハンターの角笛《つのぶえ》が聞こえた。テブリック氏は、暮れのクリスマスの贈り物の日に、妻を説き伏せて、狩りに連れ出したのだが、それは大変な骨折りだったたし、妻はちっとも楽しまなかったのだ(ただし、乗馬は、けっこう好きなのだった)。

　狩猟の音を聞いて、テブリック氏は、足を速めて、雑木林のはずれに出ようとした。そこならば、猟犬がやって来たとき、その姿がよく見えるはずだったからだ。妻があとじさったので、テブリック氏は、その手をつかんで、それこそグイグイ引き立てるようにしはじめた。

　二人が雑木林のはずれにたどり着かないうちに、シルヴィアは、いきなり、夫の手をとても激しく振りほどいて、ギャッと叫んだ。それで、テブリック氏は、すぐさま振り

返った。

ついさっきまで妻がいたところに、燃えるような赤毛の小さな狐がいた。狐は、哀願するようにテブリック氏の顔を見あげて、ひと足、ふた足、にじり寄ってきた。

テブリック氏は、ただちに、妻が狐の目で自分を見ているのを悟った。

かれが肝をつぶしたのは、容易に想像できるだろう。たぶん、妻もまた、そのような姿になった自分を発見して、びっくり仰天したことだろう。

そこで、ものの半時間というもの、二人は、ただもう目を瞠《みは》って顔を見交わしてばかりいた。テブリック氏は、途方にくれ、妻のほうは目顔でかれに尋ねていた。そのまなざしは、あたかも、「あたしはいまどうなったのでしょう？ あたしをかわいそうだと思ってちょうだい、あなた。あたしをかわいそうだと思ってちょうだい。だって、あたしはあなたの妻なんですもの」と言っているようだった。

その結果、テブリック氏は、相手をじっと見つめて、そのような姿はしていても、相手がだれだかよくわかっていながら、絶えず、「いったい、これが妻だろうか？ わたしは夢を見ているんじゃないのか？」と、自らに問いかけているし、彼女は彼女で、哀願しながら、ついには、かれにじゃれついて、ほんとにあたしよ、と語りかけるかのようだったので、とうとう、二人は歩みより、テブリック氏は、妻を抱きしめた。

彼女は、夫にぴったりと寄りそい、コートの下に心地よく身を落ちつけて、夫の顔を舐《な》めにかかったが、片時もかれの目から視線をそらそうとはしなかった。

夫は、そのあいだじゅう、このことを思いめぐらしながら、妻の顔をまじまじと見つめていたが、何が起こったのやら、皆目見当がつかなかった。

そして、変身はほんの一時的なことで、まもなく、自分と一心同体の妻に戻るだろうという希望で、自ら慰めるほかはなかった。

テブリック氏は、なにしろ夫というよりも、はるかに恋人のようだったので、そのとき、これは自分の落ち度なのだ、というひとつの考えが心に浮かんできた。というのも、何か恐ろしいことが起こったなら、それについては自分が責めを負うべきであって、決して妻を責めることはできないからだった。

こうして、二人は、長い時間を過ごした。とうとうおしまいには、哀れな狐の目に涙があふれ出して、泣きだした(しかし、まったく声は立てなかった)。そして、まるで熱に浮かされたように小刻みに震えている。

それを見て、テブリック氏もまた、涙を抑えきれなくなった。そして、地べたにすわりこんで、長いあいだ泣きじゃくった。しかし、泣きじゃくりながらも、まるで相手が人間の女ででもあるかのようにキスしていた。そして、悲しみのあまり、狐の鼻づらにキスしていることは、少しも気にならなかった。

二人がこうしてすわっているうちに、やがて黄昏《たそがれ》が近づいてきた。そこで、テブリック氏は、ハッとわれに返った。次の問題は、何とかして彼女を隠して、家に連れ帰らなくてはならない、ということだった。テブリック氏は、日がとっぷり暮れるまで待っていた。そうすれば、それだけうまく、人目につかずに妻を家に連れ帰ることができるからだった。妻を厚手のコートの内側に入れてボタンをかけた、いや、激情にかられて、チョッキとシャツをビリッと破っておし広げて、それだけ、妻がかれの胸の近くにすり寄れるようにしてやった。

というのも、人間、とてつもなく大きな悲しみに襲われると、一人まえの男や女のようにではなく、子どものようにふるまうものだからである。子どもたちは、困ったときにはいつでも、母親のふところ深くに頭を埋めることで悲しみを忘れるのだし、もし母親がいない場合は、たがいにしっかりと抱き合うことで悲しみを忘れるのだ。

すっかり暗くなってから、テブリック氏は、用心に用心を重ねて妻を家のなかへ連れてはいった。それでも、飼い犬ににおいを嗅ぎつけられてしまい、それからというもの、やかましく吠えたてる犬どもをどうしても静めることはできなかった。

妻を屋内に連れ込んだので、次にテブリック氏が思いついたことは、召使いたちから妻を隠すことだった。かれは、妻を抱いて寝室に入れて、それから、また階下《した》に降りていった。

テブリック氏の屋敷には、召使いが三人住み込んでいた。料理人と小間使い、それから、以前、妻の乳母であった老女である。この女たちのほかに、馬番あるいは庭師（どちらでも好きなように呼んでほしい）がいた。この男は、独り者で、半マイルほど離れた農家に下宿して、通っていた。

テブリック氏は、階段を降りていくとき、ばったり、小間使いに出会った。

「ジャネット」

と、かれは言った。

「奥さまとわたしは、悪い知らせを受けてね。奥さまは、早速ロンドンへ来るように言われて、きょうの午後、ここを発《た》ったのだよ。わたしは今夜はここに残って、あれやこれや家事を片づけておかなければならない。わたしたちは、家をたたむことにした。だから、おまえとブラントのおかみさんに、ひと月分の給料をわたして、明朝七時にここを出てもらわなくてはならない。

わたしたちは、おそらく、ヨーロッパへ渡ることになると思うが、いつ戻ってこられるかわからない。どうかみんなにそう伝えておくれ。それから、お茶を淹《い》れて、盆にのせて書斎へ運んでおくれ」

ジャネットは、何も言わなかった。内気な娘で、とりわけ紳士のまえではそうだったからだ。しかし、彼女が台所にはいったとたん、堰《せき》を切ったように会話がはじまり、料理女が何度も叫び声をあげるのが聞こえた。

小間使いがお茶をもって戻ってきたとき、テブリック氏は言った。

「もう、二階に用事はないよ。おまえは自分の持ち物を荷造りして、ジェームズにそう言って、明朝七時に馬車で駅まで送ってくれるよう手配してもらったらいい。わたしはいまは忙しいが、おまえが出ていくまえに、もう一度会うからね」

ジャネットが立ち去ってしまうと、テブリック氏は、お盆をもって二階へ上がった。どこにはじめ一瞬、部屋にはだれもおらず、かれの雌狐は立ち去ったのか、と思った。どこにも彼女の姿が見えなかったからだ。

しかし、しばらくすると、部屋の片隅で何やら動くものが見えた。すると、どうだ！なんとかもがいて化粧着に袖を通し、それをぞろぞろ引きずりながら、彼女が現れたではないか。

これは、たしかに滑稽な光景にちがいなかった。しかし、哀れなテブリック氏は、すっかり悲嘆にくれていたので、このときにせよ、その後のいつにせよ、そういうおかしな光景を見てもとてもおもしろがる気もちになれなかった。かれは、小声でこう語りかけただけだった。

「シルヴィア――シルヴィア。そこで何をしているの？」

それから、一瞬のうちにシルヴィアが何をしようとしているのかを悟って、またぞろテブリック氏は、心から自分を責めはじめた――そのような姿になっていても、妻は裸でいたくないのだ、ということを推測することができなかったからだ。

そうなると、妻が自分で選べるように衣装だんすからドレスを持ち出してきて、きちんと衣服を身につけるまでは、どうあっても気がすまなかった。

ところが、案の定、どのドレスもいまの妻には大きすぎた。しかし、とうとう、テブリック氏は、妻がときどき朝方着るのを好んでいた、短い化粧着を選び出した。それは、花模様のシルクで、レースの縁飾りがついており、袖丈も短くて、いまの妻によく似合うのだった。

テブリック氏がリボンを結んでやるあいだ、哀れな妻は、やさしい顔つきでかれに感謝した。そして、心なしか、遠慮とどぎまぎした様子さえ示すのだった。

テブリック氏は、ひじ掛け椅子に何枚かのクッションを支《か》って妻をすわらせ、いっしょにお茶を飲んだ。彼女はとても上品にソーサーからお茶を飲み、かれの手からバタつきパンを受けとって食べた。

こういうことはすべて、かれの妻が依然として元のままであることを示していた、あるいは、そのようにかれには思われた。妻のものごしには野性を感じさせるところはほとんどなく、とりわけ、裸で走りまわりたくないという気もちには、大変な慎みと上品さが感じられたので、テブリック氏は、大いに慰められ、もしも世間と交わりを断《た》って、いつも二人きりで暮らせたら、自分たちも幸福になれるんじゃないか、と夢想しはじめた。

庭師が犬を静めようとして話しかけている声を聞いて、テブリック氏は、このあまりにも楽天的な夢想から、われに返った。

かれが雌狐を連れて屋内へはいってからというもの、犬どもはクーン、クーン鳴いたり、ワンワン吠えたり、うなり声をあげたりして、騒ぎどおしだったのだ。というのも、テブリック氏にもわかっていたように、犬たちは、屋内に狐がいるので、それを殺したがっているからだった。

テブリック氏は、そこでパッと立ちあがって、庭師に呼びかけて、犬はわたしが降りていって静めるから、おまえは家のなかに戻って、ここはわたしにまかせておきなさい、と言った。こういうことをすべて、テブリック氏は、冷たい、命令口調で言ったので、庭師は、好奇心にかられながらも、しぶしぶ従うほかなかった。

テブリック氏は、階下へ降りていって、銃架から銃をとり、弾《たま》を込めて、中庭に出ていった。

ところで、犬は二匹いた。一匹は、シルヴィアが結婚したときに、タングリー・ホールから連れてきた、姿のいいアイリッシュ・セッターで、もう一匹は、テブリック氏が十年以上も飼っている、ネリーという名前のフォックス・テリアだった。

かれが中庭に出ていくと、二匹の犬は、いつもの二倍もワンワン吠えたり、クーン、クーン鳴いたりした。セッターは、気が狂ったように鎖をいっぱいに伸ばして、跳んだりはねたりし、ネリーはネリーで、ブルブル震えながら、尻尾を振って、まず主人を見たかと思うと、次には、たしかに狐のにおいがするという思い入れで、玄関のドアのほうに視線をむけた。

月が皎々《こうこう》と照っていたので、テブリック氏には、じつにはっきりと犬の姿が見えた。まず、妻のセッターを撃ち殺し、次に、残る一発をお見舞いしようと、あたりを見まわして、ネリーを捜したが、どこにも姿が見えない。雌犬は、きれいに姿を消していた。

やがて、どうやって鎖を引きちぎったのかを確かめてみると、雌犬は、自分の小屋の奥に隠れて、伏せているのがわかった。

しかし、その策略をもってしても、雌犬は助からなかった。というのは、テブリック氏は、鎖をつかんで引きずり出そうとしたが、むだだったので——ネリーは出ようとしなかったのだ——犬小屋のなかに銃を差し入れ、雌犬のからだに銃口を押しつけて、撃った。のちほど、マッチをすって、小屋のなかをのぞいて、犬が死んでいるのを確かめた。

それから、二匹の死骸を鎖につながれたままにしておいて、テブリック氏は、屋内へとって返した。

庭師はまだ帰らずにいたので、テブリック氏は、解雇の予告の代わりに、ひと月分の給料をあたえた。おまえにはまだ仕事がある――二匹の犬を埋めるように、それも、今晩じゅうにそれをすますのだ、と言いつけた。

しかし、ご主人がこれらすべてのことを、ひどく異様な、権柄ずくな態度でおこなっているように思えたので、召使いたちは、ひどくおろおろした。

テブリック氏が中庭に出ているあいだに、妻の年老いた乳母は、銃声を聞くなり、べつに用事もないのに二階の寝室に駆けあがった。

そして、ドアを開けると、かわいそうな狐が、奥様の小さな化粧着にくるまってクッションにもたれているのが目にとまった。狐は、すっかり憂いに沈んで惚《ほう》けたようになっていたので、何も聞こえない様子だった。

年老いた乳母は、奥様はきょうの午後ロンドンへ行ったと聞いていたので、奥様がそこにいようとは予想もしていなかったけれども、即座に奥様とわかって、大声でこう言った。

「まあ、おかわいそうなお嬢さま！　まあ、おかわいそうなシルヴィアお嬢さま！

これはまた、なんというおそろしいお変わりようでございましょう！」

そのとき、女主人がハッとして乳母を見たので、乳母は大声で叫んだ。

「でも、決して心配はいりませんよ、お嬢さま。きっと何もかも元どおりになりますよ。むかしのばあやにはお嬢さまがよくわかります。きっと何もかも元どおりになりますよ」

しかし、そうは言ったものの、乳母は、もう一度見る気がしなかった。そこで、女主人の細長い狐の目と視線を合わせせないように顔をそむけていた。それから、すぐに、あたふた

と部屋を出ていった。そこにいるのをテブリック氏に見つかって、秘密を知ったというので、犬たちのように、もしかしたら、撃ち殺されないともかぎらないからである。テブリック氏は、このあいだずっと、夢見ごこちで、召使いたちに給料をわたして暇を出し、犬を撃つ仕事にかかっていた。

それから、強いウィスキーを二、三杯あおって元気をつけて、かれの雌狐を抱いて床につき、ぐっすり眠った。彼女のほうもぐっすり眠ったかどうかは、わたしにも、ほかのだれにも、わからない。

翌朝、テブリック氏が目をさますと、屋敷には二人のほかだれもいなかった。かれの指図どおり、召使いたちはみんな、何をおいてもまず、立ち去っていたからだ。

ジャネットと料理人は、オックスフォードへ行って、新しい奉公口を捜すはずだった。ばあやは、タングリーの近くの田舎屋に身を寄せた。そこには、彼女の息子が住んでいて、ブタを飼育しているのだった。

こうして、その日の朝とともに、やがて二人の日常となる生活がはじまった。

テブリック氏は、真っ昼間になってから起き出し、何はさておき、階下で火をつけ、朝食をつくり、次に、妻のからだにブラシをかけ、湿ったスポンジで拭いてやり、それからもう一度、ブラシをかけてやるのだった。

こうしたすべての段階で、妻の鼻をつくにおいを少しでも隠すため、香水をふんだんに使った。

着替えが終わると、テブリック氏は、妻を抱いて階下へ降りて、いっしょに朝食を食べた。彼女は、夫と並んで、きちんと食卓について、ソーサーに入れた紅茶を飲み、夫の指から料理を食べた、ともかく、夫に手を添えてもらって食べた。

シルヴィアは、まだ、変身以前に食べなれていたのと同じ食事を好んでいた。すなわち、半熟の卵か、ひと切れのハムに、バターつきトーストにマルメロとリンゴのジャムを塗ったもののひと切れか、ふた切れである。

彼女の食べ物のことを話題にしているついでに触れておきたいが、テブリック氏は、百科事典をひもといて、ヨーロッパ大陸の狐はむやみにブドウを好み、秋の季節には日ごろの食べ物はやめてしまって、その結果まるまると太り、いやな体臭がなくなる、ということを発見した。

このように狐がブドウを好むことは、イソップや聖書の幾節かによってじゅうぶんに裏づけられているところなので、テブリック氏がそのことを知らなかったとは不思議である。

この記事を読んだあとで、テブリック氏は、ロンドンに注文書を送り、週に二度、ブドウをひとかご送ってもらうように計らった。そして、百科事典の記事は、この詳細のもっとも重要な点において正しいことを発見して、大喜びした。

かれの雌狐は、ブドウをおいしそうに食べて、決して飽きることがないように思われた。そこで、ブドウの注文を、まず一ポンドから三ポンドに、その後、五ポンドに増やした。

こうした手段によって彼女の体臭はめっきり薄らいだので、ときおり朝の身仕まいのまえに臭うほかは、ほとんど気づかなくなった。

シルヴィアとの暮らしをがまんできるものにするうえで何よりも力になったのは、彼女がテブリック氏のことばを完全に——そうだ、かれの言う片言隻語《へんげんせきご》にいたるまで理解したことであった。シルヴィアはまた、口こそきけないものの、表情としぐさで、じつに流暢に意思を表明したのだった。

こうして、テブリック氏は、しばしば妻と会話をして、かれの思いを洗いざらい打ち明けて、妻には何ひとつ包み隠ししなかった。

テブリック氏が、とてもすばやく、妻の言わんとすることや答えをとらえるので、このことは、それだけ容易になったのだ。

「ニャンコちゃん、ニャンコちゃん」

と、テブリック氏は呼びかけた。いつもそのように呼ぶのは、以前からの習慣になっていたのだ。

「かわいいニャンコちゃん、あのようなことがあったあとで、わたしがきみと二人だけでここで暮らしているのを気の毒に思うひとがいるかもしれない。だけど、わたしは、きみが生きているかぎり、金輪際、だれとも立場を変えるつもりはないよ。よしんば、きみが狐であっても、ほかのどの女性よりもきみといっしょに暮らしたいんだ。誓って言う、きみが何に姿を変えたとしても、わたしの気もちは変わらないよ」

が、そんなとき、妻の真剣な顔つきを見て、テブリック氏は、言うのだった。

「冗談でこんなことを言ってると思うのかい、大事なひと？　とんでもない。誓って言うよ、かわいいひと、わたしは一生涯、きみを裏切らない。誠実を尽くそう。妻たるきみを尊敬し、敬おう。

神が憐れみの心から、きみを元の姿にもどすように取り計らってくださることを願って、そうするのじゃない。ただもう、きみを愛するがゆえにそうするんだ。きみがどんな姿に変わろうと、わたしの愛は変わらないよ」

そんなとき、もしだれかがかれらを見たなら、二人は恋人同士にちがいない、と断言したことだろう。それほど情熱的に、二人は顔を見交わしていたのだ。

しばしば、テブリック氏は、たとえ悪魔に奇蹟をおこなう力があったとしても、妻に対するかれの愛を変えるなんて、とうてい叶わぬわざだと思い知るだろう、と断言したものだ。

こういった情熱的なことばは、いつもなら妻の耳にどのように響いたかわからないが、いまでは妻のおもな慰めであるように思われた。

シルヴィアは、夫のそばへ来て、かれの手に前脚をのせ、歓喜と感謝に目をキラキラ輝かせ、熱心さに息をはずませて、夫に飛びかかって、その顔をペロペロ舐めるのだった。

さて、テブリック氏は、こまごまとした家事がたくさんあって、やたら忙しかった――食事の支度、部屋の片づけ、ベッドを整えること、その他何やかやである。

かれがこういう家事をしているあいだ、雌狐を観察するのはおかしかった。もしも、自分にできるのであれば、はるかに上手にやれたはずの仕事を、夫が例によってなんとも不器用にやっているのを見て、いらいらするやら、悲しいやらで、それこそ気が狂ったようになることが、しょっちゅうだった。

そうなると、四つんばいで駆けまわるような、はしたない真似は絶対にしまいと、最初堅く心に決めていた行儀作法のことも忘れてしまって、夫の行く先々へつきまとい、夫がひとつでもまちがったことをしようものなら、その都度、押しとどめて正しいやり方を教えるのだった。

テブリック氏が食事の時間を忘れたりすると、彼女はそばへやって来て、袖を引いて、まるで「あなた、きょうのお昼は抜きですの？」と言うかのように、そのことを知らせたものだ。

こうしたシルヴィアの女らしさは、きまってテブリック氏を大喜びさせるのだった。なぜなら、そのことは、シルヴィアが依然として、いわばけだものの身体に埋もれていても、女性の魂をもった、かれの妻であることを物語っていたからだ。

このことに大いに勇気づけられて、テブリック氏は、以前よくしたように、彼女に本を読みきかせてやってはいけないものか、とひそかに思案した。

とうとう、本を読んできかせることに反対するべき理由は何ひとつないので、書棚のところへ行って、リチャードソンの『クラリッサ・ハーロウの物語』の一巻を取ってきた。二、三週間まえから妻に読んできかせていた本だ。

かれは、その本の前回読みさしにしていたところを開いた。ラヴレースが雑木林でクラリッサをむなしく待ちながら、一夜を明かしたあとで書いた書簡である。

ああ困った！

これからわたしはどうなるのだろうか？

これまでに降りたこともないような異常な露のなかを、真夜中にさまよったために、両足は麻痺してしまった。わたしのかつらからもシャツからも、その上で解けていく白霜のしずくがポタポタとしたたっている！

ようやく夜が明けそめてきた……

読んでいるあいだ、妻の注意を惹きつけているのを意識していたが、二、三ページ読み進むうちに、テブリック氏は、物語にすっかり注意を奪われてしまったので、ものの半時間ほどは、妻のほうを見もしないで読みつづけた。

それから、ふと妻のほうを見ると、妻はかれの朗読に耳を傾けてはいないで、異様に熱心に何かを見守っているのに気づいた。まじまじと食い入るような表情が顔に浮かんでいる。そこで、テブリック氏は、うろたえて、その原因を捜した。

やがて妻の凝視は、窓辺につるした鳥かごのなかの、妻がかわいがっていたハトの動きに向けられていることを発見した。声をかけたが、妻は不機嫌らしいそぶりを見せた。

そこで、『クラリッサ・ハーロウ』をわきへ置いてしまった。そして、妻に本を読んできかせるという実験を二度とくりかえすことはなかった。

けれども、その同じ晩、テブリック氏がたまたまデスクの抽斗《ひきだし》をあけて捜し物をしているとき、ニャンコは、そばで夫のひじ越しにのぞいていたが、ひと組のトランプを見つけ出した。

それで、彼女を喜ばせるために、それを引き出して、箱からカードを取り出さなければならなくなった。あれやこれや試しているうちに、とうとう、彼女のねらいは、夫とピケットをすることだ、ということを発見した。

はじめのうち、妻にカードを手にもたせて、トランプができるように工夫するのが少々困難だったが、テブリック氏が傾斜した板の上にカードを積み重ねてやったので、ついにこの困難も克服された。それからあとは、妻は意のままに、かぎづめでとても器用にカードをピンとはじき出せるようになった。

こういう面倒を克服したあとで、二人は、三回ゲームをした。そして、妻は、心からそのゲームを楽しんでいるようだった。のみならず、三ゲームとも妻の勝ちだった。それ以後、二人は、しばしば静かなピケットのゲームを楽しみ、また、クリベッジもやってみた。

ちなみに、クリベッジの得点を得点盤に木くぎを差し込んでしめすとき、テブリック氏は、いつも自分の木くぎのみならず、妻のも動かしてやった。彼女は、木くぎを握ることも、穴に差し込むこともできなかったからだ。

天候は、これまでじめじめして、霧が立ちこめて、しきりにどしゃ降りに降っていたが、翌週にはすっかり好転して、一月にはよくあることだが、それから数日というもの、陽が照って、風もなく、夜にはうっすらと霜が降りるという日がつづいた。

そして、こういう霜は、日が経つにつれて、いっそう厳しくなり、やがて、雪になるのではないか、と思われるようになった。

こんな上天気がつづいたので、テブリック氏がかれの雌狐を戸外へ連れ出してやりたいと思ったのは、いかにも自然なことだった。いままでそうしなかったのは、ひとつには、じめじめした天気が続いたためであり、またひとつには、妻を連れて出ることを考えただけで、不安でいっぱいになったためだった。

事実、あらかじめ心配の種は山ほどあったので、一度は、絶対外へは連れて出ることはしまい、と心を決めたほどだった。

なぜなら、根拠のないこととは知りながらも、妻が手もとを離れて、逃げ去ってしまうのではないか、という不安でいっぱいになっただけではなく、妻といっしょにいるところを近所の連中に見られるというおそれのほかにも、ほっつき歩く野良犬、ばねじかけの罠《わな》、トラばさみ、仕掛け銃などといった、もっと道理にかなった想像も頭をかけめぐったからだった。

けれども、とうとう、テブリック氏は、ついにかれの雌狐を外へ連れ出すことに決めた。それも、彼女がこの上もなく穏やかな口調で「庭に出てはいけませんの?」とせがみつづけたので、なおさらのことだった。

とはいえ、テブリック氏が、もしもいっしょにいるところを見られたら、近所の連中の好奇心をかきたてるのではないかと心配しているんだ、と言ってきかせると、彼女は、いつもとてもおとなしく言うことを聞くのだった。

このほかにも、犬に襲われるおそれがあることも、何度か話してきかせた。ところが、ある日のこと、妻は、それに答えて、さきに立って玄関に夫を連れていき、大胆にもかれの銃を指ししめしたのだ。

そのあとで、テブリック氏は、妻を連れ出すことを決心した。ただし、準備に万全を期した。すなわち、万一の場合、妻が急いで退却できるように、玄関のドアを開け放しにしておき、次いで、銃を小脇にかかえ、最後に、妻が風邪を引かないように、小さな毛皮のジャケットでじゅうぶんにくるんでやった。

テブリック氏は、そればかりか、抱いて出たいところだったが、妻は、やさしくその腕から抜け出し、かれを見つめて、自分で歩いていきたい、という思いを表情たっぷりに表現した。

というのは、最初感じていた、四つ足で歩く姿を見られることをおそれる気もちは徐々に消え失せていたからだ。甘んじて四つ足で歩くことにするか、それとも、残る一生をベッドに寝たっきりで過ごすか、二つに一つだ、と判断したものにちがいない。

庭に出たときのシルヴィアの喜びようときたら、ことばで言いあらわせないほどだった。決してそばから離れはしなかったけれど、シルヴィアは、あちこち走りまわり、ピンと耳を立てて、鋭い目つきで、あれこれを見て、こんどは、振り仰いで夫の目をとらえようとした。

事実、庭のなかをへめぐりながら、しばらくのあいだは、喜びのあまり踊らんばかりで、夫のまわりをぐるぐる駆けまわるかと思うと、こんどは、一、二ヤードまえへ飛び出していく。それから、また戻ってきて、かたわらを跳ねまわるのだった。

しかし、大喜びしていたにもかかわらず、シルヴィアは、恐怖でいっぱいだった。何か物音がするたびに――たとえば、牛がモーと鳴いても、雄鶏《おんどり》が時を告げても、遠くのほうで農夫がミヤマガラスをおどすために怒鳴っても、ギクッとして、その音をとらえるために耳をピンと立て、鼻づらにしわを寄せ、鼻をひくひくさせて、テブリック氏の両脚にからだをすり寄せるのだった。

二人は、庭をひとめぐりし、やがて、小ガモ、ヒドリガモ、オシドリなどの水鳥が、景色の飾りになっている池のところへ下っていった。久しぶりに、こういう水鳥たちを見て、シルヴィアは、心から喜んだ。

水鳥たちは、かねてから彼女のお気に入りであったし、いまや再び、かれらの姿を見て大喜びして、日ごろの慎みはどこへ行ったか、と思われるようなはしゃぎ方だった。水鳥たちをじっと見つめていたかと思うと、夫のひざに飛びついて前脚をかけて、その心に同様な興奮をかき立てようとした。

夫のひざに前脚をかけながらも、まるでカモたちから目を離すことができないかのように、何度も何度も振り返った。それから、さきに立って水際に駆け下りていった。ところが、狐の出現に、カモたちは、極度にあわてふためいた。岸辺や土手の近くにいた連中は、泳いだり飛んだりして池の中央へいき、そこで一団となってからだを寄せあった。

それから、ぐるぐる泳ぎまわりながら、やかましくガーガー鳴きはじめたので、テブリック氏は、それこそ耳が聞こえなくなりそうだった。

さきにも述べたとおり、妻の変身から起こった滑稽なできごとは(しかも、そういうできごとはいくらでもあったのだ)、何ひとつ、テブリック氏の微笑を誘うことはできなかった。このときも同様だった。

なぜなら、愚かなカモどもが妻をほんとうに狐だと思いこみ、そのゆえにおびえているのを悟って、テブリック氏は、他人にはおもしろいと思われたかもしれない光景に接して、苦痛をおぼえたのだった。

かれの雌狐は、そうではなく、自分が水鳥の群れをどれほど動揺させたかを知ったとき、どちらかと言えば、かつてないくらい喜んだ様子で、何度も何度もうれしげに飛びまわった。

テブリック氏は、はじめのうちこそ、妻に声をかけて、こっちへ戻って、べつな道を歩こうと言ったけれど、妻のうれしげな様子に根負けして、その場に腰を降ろした。一方、妻のほうは、変身以来見たこともないくらいうれしそうに、まわりを跳ねまわった。

シルヴィアは、満面に笑みをたたえて、夫のそばに駆け寄ってきたり、またもや水際へ駆け下ってい

って、自分の尻尾を追っかけまわしながら、はしゃいで跳ねまわり、棒立ちになって踊りさえした。

それから、地べたを転げまわっていたかと思うと、すぐに円を描いて駆けまわりはじめた。しかし、こんなことをしながらも、カモたちのほうにはいっこうに注意を払わなかった。

ところが、水鳥たちは、いっせいに狐のほうに首をのばして、池の中央を行きつ戻りつして泳ぎながら、ガー、ガー、ガーと鳴くのを決してやめなかった。しかも、調子を合わせている。みんな、コーラスでガー、ガー鳴いているのだ。

しばらくして、シルヴィアが池から引き返してきたので、テブリック氏は、この種の気晴らしはもうたくさんだと思って、シルヴィアをつかまえて、こう言った。

「さあ、シルヴィア。だいぶ冷えてきた。そろそろ家へはいっていいころだよ。散歩したおかげで、きっと、ずいぶん気が清々《せいせい》したことだろう。でも、これ以上、ここにとどまっているわけにいかないよ」

そうすると、シルヴィアは、肩越しにちらりとカモのほうを見やったけれども、夫に同意したようだった。そして、二人とも、ひどくしんみりした気もちで家路をたどった。

ほぼ途中まで帰ってきたときに、シルヴィアは、突然きびすを返して、駆け戻ってしまった。急いでふりむくと、カモたちがあとをつけてきているのが目にはいった。

そこで、シルヴィアは、カモたちを追いたてて、池のなかへ追いこんでしまった。カモたちは、恐ろしさのあまり翼をばたつかせて逃げ帰り、シルヴィアは、べつにせきたてはしなかった。

というのは、ほんとうにその気があれば、いちばん手近の二、三羽をつかまえることだってできただろう、ということが見てとれたからだ。

それから、高々と尻尾を振り立てて、すっかりふざけ気分で飛びはねながら夫のそばへ戻ってきた。最初はいらだち、次いで、妻がそんな悪ふざけをおもしろがるのを不思議に思いながらも、やかましく言わずに撫でてやった。

しかし、屋内にはいると、テブリック氏は、彼女を両腕に抱きあげてキスして、こう話しかけた。

「シルヴィア、きみって、なんとまあ陽気な、子どもっぽいひとなんだろうね。不幸にめげないきみの勇気は、わたしにとって教訓としなければならないが、でも、わたしはどうしても、どうしても、それを見るに耐えられないんだよ」

ここで不意に、テブリック氏の目に涙があふれてきた。そこで、ガバとしとね椅子に身を投げて、さめざめと泣いた。そして、妻に注意を払わなかったが、やがて、彼女にほおや耳をペロペロ舐められて、われに返った。

お茶のあとで、シルヴィアは、さきに立って客間へむかい、テブリック氏が開けてやるまでドアを引っかいた。というのは、いまの二人には三部屋か四部屋あればじゅうぶんだと思ったし、掃除の手間を省くためもあって、家のこの部分は閉めきっていたからだ。

それから、シルヴィアは、どうやら夫にピアノを弾いてほしいらしかった。シルヴィアは、夫をピアノのところへみちびいていった。いや、それどころか、夫に弾いてほしい楽譜を自ら選んだのだ。

ヘンデルのフーガにはじまって、次は、メンデルスゾーンの「無言歌」から一曲、次は、エドワード・ロウダーの「潜水夫」、続いて、ギルバートとサリヴァンからの曲というふうに、妻が選び出す曲は、順を追って陽気なものになっていった。

こうして、二人は、ロウソクの明りのもとに、一時間ほど幸福な思いで音楽にひたりきっていたが、やがて、火の気のない客間がやたら冷えるので、テブリック氏は、演奏を打ちきって、二人は、やむなく階下の炉ばたへ降りていった。

このように、夫が落ち込んでいるときには、シルヴィアは、感心にも夫を慰めたのだった。

けれども、翌朝、目をさましたとき、テブリック氏は、妻がいっしょにベッドに寝ていないで、ベッドのすそに丸くなって寝ているのを発見して、心を痛めた。

朝食のあいだ、テブリック氏が話しかけてもほとんど耳を傾けず、傾けたとしてもいらいらした様子で、一心にハトを見つめていた。

テブリック氏は、しばらく無言で窓の外をながめていたが、やがて、紙入れを取り出した。そのなかには結婚式の直後に撮った妻の写真があった。その見なれたおもざしをしみじみと見つめてから、顔をあげて、まえにいる狐に視線を移した。

それから、にがにがしく笑った。笑ったと言えば、テブリック氏が妻の変身を笑ったのは、あとにもさきにも、それ一度きりだった。あまりユーモアに富んだたちではなかったからだ。

しかし、この笑いは、テブリック氏にとっては、不愉快でつらいものだった。

それから、写真を細かくちぎって、「この場合、思い出も心の慰めにはならない」とつぶやきながら、窓からばらまいて捨てた。

それから、雌狐のほうをふりかえると、彼女は、相変わらず、かごの鳥をじっと見つめているのがわかった。見ていると、しきりに舌なめずりをしている。

テブリック氏は、鳥を隣の部屋に連れていき、それから、不意に衝動にかられて、かごの戸をあけて、鳥を放してやった。そうしながら、こう言った。

「お行き、かわいそうな鳥！　この不幸な家から飛んでお行き、珊瑚《さんご》のような唇から、口移しにえさをくれた、おまえの女主人の記憶がまだ残っているうちに。いまや、おまえは、女主人のふさわしい遊び相手じゃない。さようなら！　もしまた会うことがあるとすれば」

と、憂鬱《ゆううつ》そうな微笑を浮かべて、テブリック氏は言い添えた。

「それは、おまえがノアのハトのように、よい知らせをたずさえて戻ってくるときさ」

しかし、かわいそうに、この紳士の難儀は、まだ終わったわけではなかった。事実、狐に変身したいまでも、かれの妻が以前とみじんも変わらぬふるまいをするものと絶えず思いこんでいるために、わざわざ難儀を抱えこんだのだ、と言ってもよい。

シルヴィアの魂とか、その魂がいまやどうなったかについて、いわれない推測をするのはやめて(その点については、スイスの錬金術師パラケルススの学説に要領を得た解説が随所に見られる)、シルヴィアの身体の変化が彼女の日常の行動にどれほど影響せずにはおかないか、ということだけを考察することにしよう。

そこで、この不幸な女性にあまりにもきびしい評価を下すまえに、彼女の新しい状態に伴う身体上の必要・欠陥・食欲をよくよく考えなければならない。そして、新しい境遇にもめげず、礼儀正しさときれい好きと上品さをもってふるまうことを可能にした、彼女の毅然とした精神を賞賛しなくてはならない。

たとえば、当然、自分の部屋を汚しただろう、と推測されたかもしれないが、人間にせよ、動物にせよ、そういうことがらで彼女くらい几帳面《きちょうめん》さを示したものはいなかった。ところが、昼食時にテブリック氏がチキンの手羽をよそってやって、ほんのしばらくのあいだ、忘れていた水差しを取りに席を立ち、戻ってみると、シルヴィアは、テーブルの上にあがって、骨までバリバリ噛んでいた。この光景を見て、テブリック氏は、落胆し、すっかり傷ついて、声もなく立ちつくした。

というのは、この不幸な夫は、かれの雌狐が、最近までそうであった、あのやさしく上品な女性だといつも考えていたからだ、と述べておかなければならない。

そこで、テブリック氏は、雌狐の行状が、妻に期待している基準を超えるときにはいつも、いわば身を切られるようにつらかったし、妻がこのように慎みを忘れるのを見ることくらい、かれにとって耐えがたい苦痛はなかったのだ。

それゆえ、テブリック夫人がまさしく育ちがよくて、とりわけ、彼女のテーブルマナーはいつも非の打ちどころのないものだったのは、まことに残念なことだった。もしも夫人が、わたしがいっしょに食事をしたことのある、ヨーロッパの、さる王女のように、チキンの脚のすねのところをわしづかみにして、肉をかじる習慣があったなら、いまのテブリック氏も、ずいぶん救われたことだろう。

しかし、夫人のテーブルマナーは、これまで完璧なものだっただけに、そのぶん、その衰退はテブリック氏には大きな苦痛だった。

だから、この場合も、妻がおぞましくもチキンの骨をバリバリ噛みおわって、かけらひとつ残さずむさぼり食べてしまうまで、テブリック氏は、いわば黙然と苦悩しながら、立ちつくしていたのだった。

それから、妻をひざに抱きよせ、背中を撫でながら、やさしく話しかけた。

「シルヴィア、シルヴィア、きみにはそんなにむずかしいのだろうか？　以前を思い出そうとしてごらんよ、いとしいひと。そうすれば、いっしょに暮らしていることで、きみがいまや人間の姿ではないことなど、すっかり忘れてしまえるだろうよ。きっと、この災難もまもなく過ぎ去るにちがいない、襲ってきたときと同様に、突然にね。そして、何もかも悪い夢だったように思えるようになるだろう」

しかし、シルヴィアは、テブリック氏のことばを完全に理解して、以前の彼女のように、悲しげな、後悔しているような顔つきをしてみせたにもかかわらず、その同じ日の午後、カモたちの近くへ行きたがるのを引き止めるのに、テブリック氏は、さんざん苦労したのだった。

このとき、頭に浮かんできた考えは、じつに不愉快なものだった。すなわち、妻ひとりに鳥を預けておくなんてとてもじゃないができっこない、そんなことをしたら、鳥を殺してしまうだろう、という思いだった。

そう思うと、テブリック氏は、ますますショックを受けた。そのことは、妻が犬ほどにも信用が置けないことを意味していたからだ。

犬は、人間の親しい仲間だから、どんなペットでもまかせておけるし、それどころか、どんなものを預けておいても、また、どれほど腹を空かせていても、絶対それにさわらない、と安心していられるのだ。

しかし、かれの雌狐の場合、心の奥底ではまったく信用ができないという事態になってきた。

とはいえ、シルヴィアはいまなお、いろんな点で、狐というよりも、はるかに女性らしかったから、テブリック氏は、彼女にはどんなことでも話題にすることができたし、彼女は彼女で、つねに服従を強いられていて、ごく卑近な家事に関する話題について会話するのでないかぎり、ご主人の言うことをどうしても理解できないような、東洋の女性たちよりも、はるかによく夫の言うことを理解したのだった。

たとえば、シルヴィアは、宗教の大切さや、もろもろの務めのことをじつによく心得ていた。晩方、テブリック氏が主の祈りを唱えるときには、賛意をあらわして耳を傾けたし、安息日も厳格に守るのだった。事実、その翌日は日曜日なので、テブリック氏がべつに他意もなく、いつものようにピケットのゲームを提案した。ところが、どうだ、彼女はどうしてもそれに応じようとしないのだ。

テブリック氏は、日ごろは即座に妻の言わんとするところがわかるのに、最初、妻の意図がわかりかねて、重ねてピケットを持ちかけた。それを妻は拒絶して、こんどは、自分の気もちを伝えるために、一方の前脚で十字を切ってみせた。

このことは、苦悩しているテブリック氏をいたく喜ばせ、かつ、慰めた。テブリック氏は、妻に赦《ゆる》しを乞い、かくもりっぱな妻に恵まれたことを熱烈に神に感謝した。どうのこうのと言っても、妻は、神に対する義務をかれよりもよくわきまえているからだった。

しかし、ここで読者に警告しておかなければならないが、そのとき十字を切ったからといって、シルヴィアはカトリック教徒である、と推測してはならない。シルヴィアが十字を切ったのは、そういうかたちでしか意思をあらわすすべがなかったので、やむをえなかったのだと思われる。

なぜなら、シルヴィアは、真のプロテスタントとして育てられ、いまなおそうであることは、トランプをすることに異議を唱えたことから明らかだったからだ。もしも、シルヴィアがカトリック教徒であったなら、トランプなど、てんで問題にならなかっただろう。

ところが、その夜、宗教曲を弾いて聞かせようと客間へ連れていって、しばらくすると、シルヴィアは、耳をぴったりと伏せ、言いようのない苦悶の色を目に浮かべて、部屋のいちばん遠い隅へおじけてしりごみしてしまった。

話しかければ夫の手を舐めはするものの、足もとにうずくまったまま、長いこと震えが止まらなかった。そして、テブリック氏が一歩でもピアノに近づこうとしただけで、あからさまに恐怖の色を示すのだった。

それを見て、テブリック氏は、犬の耳には西洋の音楽は耐えがたいことを思い出した。そして、狐の場合、野生動物であるところからすべての感覚がもっと鋭敏なわけだから、この嫌悪感は、一段と激しいのは当然予想されることだと思い出して、ピアノの蓋《ふた》を閉じて、妻を抱きあげ、客間に鍵をかけて、二度とこの部屋に立ち入ることはしなかった。

それにしても、テブリック氏は、不思議に思わずにはいられなかった。というのは、つい二日まえ、妻は自らさきに立ってかれを客間に案内し、自分のお気に入りの曲を選んで、かれにピアノの弾き語りをねだりさえしたからだった。

その夜、シルヴィアは、ベッドのなかでも、上でも、夫といっしょに寝ようとはしなかった。そこで、テブリック氏は、彼女を床の上に丸くなって寝るままにさせておくほかなかった。

しかし、シルヴィアは、そこでも寝ようとはしなかった。数回、部屋のなかをトコトコ歩きまわって、テブリック氏を目ざめさせた。

一度など、テブリック氏がやっとぐっすり寝入ったときに、ベッドの上へ跳びあがったり、跳び降りたりしたために、テブリック氏は、ひどくびっくりして、大声をあげたが、何の返事もなかった。ただ、寝室のなかをグルグル小走りに走る音が聞こえるばかりだった。

まもなく、テブリック氏は、何かほしがっているのにちがいない、とひそかに想像して、シルヴィアのために食べ物と水を取ってきてやる。しかし、そんなものにはまるっきり見向きもしないで、相変わらずグルグル走りまわって、ときおりドアをガリガリと引っかく。

テブリック氏は、シルヴィアの名を呼んで、話しかけたが、シルヴィアは、てんで耳を貸そうともしないし、貸したとしても、その瞬間だけだった。とうとう、シルヴィアを見かぎって、はっきりと言った。

「シルヴィア、きみはいま狐になる発作を起こしているのだ。だが、わたしは、きみをそばから放さないぞ。朝になれば、きみは、正気をとりもどして、いまわたしが引き止めておいたことを感謝するだろうよ」

そうして、また横になったが、眠ることはできなかった。ただ、妻が部屋のなかを走りまわり、外へ出ようとする音が耳につくばかりだった。こうして、テブリック氏は、おそらく生涯でもっともみじめな一夜を明かしたのだった。

翌朝、シルヴィアは、なおもそわそわと落ち着かず、からだを洗って、ブラシをかけてもらうのをいやがった。そして、香水をつけられるのをきらって、いわば、夫に免じてがまんしている様子だった。いつもなら、身ごしらえにはこの上もない喜びをおぼえていたのだった。そこで、このためと、まんじりともしない昨夜も手伝って、テブリック氏は、すっかり気が滅入《めい》ってしまった。

そして、まさしくこのとき、テブリック氏は、ある計画を実行することを決心した。その結果によって、家のなかにいるのは、はたして妻なのか、それとも、野生の狐なのかがはっきりする、と考えたのである。

とはいえ、テブリック氏が容赦なく、「性悪の野狐め」と呼んだくらい、そわそわと落ちつきがないながらも、シルヴィアが辛抱して夫のするままにまかせていたのは、せめてもの慰めだった。それから、テブリック氏は、こんなふうに話しかけた。

「きみは恥ずかしくないのかい、シルヴィア、そんな無鉄砲な娘で、そんなつむじ曲がりのお転婆になっちまって？　身なりにはあれほどやかましかったきみがだよ。あれは、どうやらすべて虚栄心だったんだね――以前のような美しさを失ったいまでは、きみはもう身だしなみなんか何とも思わないんだな」

かれのことばは、シルヴィアにも、また、かれ自身にもいささかこたえて、その結果、シルヴィアの着替えが終わったときには、二人ともすっかり落ち込んでしまって、どちらも泣かんばかりになっていた。

朝食は、シルヴィアもけっこう落ちついて食べた。そのあと、テブリック氏は、実験の用意にとりかかった。

それは、次のようなことだった。庭でスノードロップを摘み集めて花束を作った。それしか花が見つからなかったのだ。それから、ストーコウの村へ出むいていって、オランダウサギ(つまり、白いベルト状のまだらのある黒ウサギ)を飼っている男から、一羽買い受けた。

テブリック氏は、帰宅すると、花束を持ち出して、同時に、そのかたわらに、ウサギを入れたバスケットを、蓋をあけたまま置いた。それから、妻に呼びかけた。

「シルヴィア、花を取ってきてあげたよ。見てごらん。早咲きのスノードロップだ」

こう言うと、シルヴィアは、とてもかわいらしく駆け寄ってきて、バスケットからピョンと飛び出したウサギには目もくれずに、花をもらったことに感謝を示しはじめた。事実、シルヴィアは、感謝の念をあらわすのに飽きない様子で、花束を嗅いだり、少し離れてながめたりしながら、重ねて夫に感謝した。

テブリック氏は(これは、計画の一部だった)、それから花瓶を手にとって、花にやる水を汲みにいったが、花は、妻のそばに残しておいた。テブリック氏は、時計で計ってまる五分間、その場をはずして、一心に聞き耳を立てていたが、ウサギがキーキーいう声はまったく聞こえなかった。

けれども、屋内にはいっていくと、何という忌まわしい殺戮《さつりく》の場が目のまえにくりひろげられていたことか！　カーペットの上にも血、ひじ掛け椅子とカバー

の上にも血、さらに壁にまで多少の血が飛び散っている。いっそう悪いことに、テブリック夫人は、ウサギをあらかた食いちらし、残った皮と脚の切れはしを引き裂きながら、唸《うな》り声をあげていたのだ。

哀れな紳士は、そのありさまに深く傷ついたので、危うくわれとわが身に危害を加えるところだった。そして、一瞬、銃を持ち出して、かれの雌狐とかれ自身を射殺しようとさえ思った。

じつは、極度の悲嘆にくれていたことが、かえってテブリック氏のために幸いしたのだった。なにしろ、そのことですっかり男らしさを失って、しばらくは、ただ泣いてばかりいたからだ。そして、頭をかかえて、椅子にぐったりとすわりこんで、いつまでも泣いたり、呻《うめ》き声をあげたりしていた。

テブリック氏は、しばらくのあいだ、このように嘆き悲しんでいたが、やがて、このときまでには、ウサギの皮から、頭、耳までまるごと急いで呑みこんでいたかれの雌狐は、そばへやって来て、両の前脚を夫のひざにかけ、長い鼻づらを夫の顔に突きつけて、顔をペロペロ舐めはじめた。

しかし、テブリック氏は、いまや違った目で妻を見ていたし、おまけに、妻のあごにはまだ生々しい血のりがあちこちに付き、爪にはいっぱいウサギの微片がこびりついているのを見て、どうしても舐めるのを許さなかった。

ところが、四、五回シルヴィアを追い払い、おしまいには、なぐったり蹴ったりしたが、それでも、腹を床にすりつけて、大きく見開いた悲しそうな目で、夫の赦しを乞いながらいざり寄ってきた。

ああいうウサギと花束の軽率な実験にとりかかるまえは、テブリック氏は、もしも妻がその実験で落第したなら、相手はほんとうに森から出てきた野生の狐と同様に、もはや、思いやりも憐れみももつまい、と思い定めていたのだった。

この決意――その理由は、まえにはまったく明白だと思えていたにもかかわらず――は、いまでは、固めるよりも、実行するほうがはるかにむずかしいことを、テブリック氏は思い知った。

半時間以上も悪態を浴びせ、払いのけたあげく、とうとう、テブリック氏は、どれほどつれないふりを装っていても、やはり自分は妻のことが好きだし、いろんなことがあるにせよ、深く愛してさえいることを、自ら認めた。

かれはこのことを認めると、顔をあげて妻を見やった。すると、かれをひたむきに見つめている妻と視線が合った。かれは両手を差しのべて、こう言った。

「ああ、シルヴィア、シルヴィア、こんなことをしてくれなきゃよかったのに！　わたしも、あの不運なときに、きみを試したりしなきゃよかった！　こんなふうにウサギを虐殺して生肉を毛皮ぐるみ食べるなんて、きみは、自分に愛想が尽きないのかい？　姿ばかりか、魂まできみはけだものになってしまったのかい？　女性とはどういうものか、忘れてしまったのかい？」

そのあいだ、テブリック氏のひとことごとに、シルヴィアは、腹を床にすりつけて一歩ずつ這いよって、ついには、悲しそうにテブリック氏の腕によじのぼってきた。それから、夫のことばが効き目を生じたらしく、その目に涙があふれ、夫の腕に抱かれたまま改悛の涙を流した。そして、胸もはり裂けんばかりに、全身を震わして泣きじゃくった。

こうして妻が悲しんでいる姿は、テブリック氏に、かつて味わったことのない、苦痛と歓喜の入り交じった、言いようもなく不思議な感情をいだかせた。というのは、妻への愛がどっとよみがえって、妻の苦しみを見るに忍びないながらも、妻がいつかまた元の女に立ちかえるという希望をつのらせたので、そのことを喜ばずにはいられなかったからだ。

それゆえ、かれの雌狐が恥じて苦悩すればするほど、テブリック氏の希望は膨らんでいき、おしまいには、妻への愛と憐れみが一様につのってきて、妻が半分人間であることでこんなに苦しむくらいなら、いっそのこと、ただの狐であってくれればいい、と望むまでになった。

とうとう、テブリック氏は、あまりにもひどく泣いたために少しぼうっとしてあたりを見まわした。それから、かれの雌狐をしとね椅子に下ろし、沈んだ気もちで部屋を掃除しはじめた。

手桶で水を汲んできて、血で汚れた箇所をすべて洗いおとし、二枚の椅子のカバーを寄せ集め、べつの部屋からきれいなカバーを取ってきた。

夫がこういう仕事をしているあいだ、かれの雌狐はすわって、深く悔いている様子で、揃えた前脚のあいだに鼻を埋めて夫を見守っていた。

掃除が済むと、もう晩《おそ》くなっていたが、テブリック氏は、自分の昼食を用意した。しかし、妻には何もあたえなかった。彼女は、ついさっき、あんなに破廉恥《はれんち》なご馳走を食べたばかりだったからだ。しかし、水とひと房のブドウはあたえた。

食後、シルヴィアは、テブリック氏を小さい鼈甲《べっこう》のキャビネットのところへ誘い、それを開けるように求めた。かれが開けてやると、なかにある携帯用の立体鏡を身振りでしめした。テブリック氏は、即座にシルヴィアの願いを聞き入れ、二、三回試してみて、彼女の視力に合うように調節してやった。

こうして二人は、夕方まで、テブリック氏が買い集めた、イタリア、スペイン、スコットランドの風景をながめて、とても楽しく過ごした。この気晴らしは、どうやら妻を大変喜ばせたし、テブリック氏もかなり慰められた。

しかし、その晩、かれがいくら説得しても、妻をベッドでいっしょに寝かせることはできなかった。そこで、とうとう、ベッドの脇にマットを敷き、その上で寝ることを許した。そこなら、手を伸ばせば妻にさわることができるのだった。そこで、妻の頭に手をのせて、一夜を明かした。

翌朝、シルヴィアのからだを洗って着替えをさせるのに、これまでにないくらい手こずった。事実、一度など、首すじを押さえつけていないかぎり、逃げ出すのを防ぐことができないくらいだった。

しかし、ついにテブリック氏は、目的を達して、シルヴィアを洗い、ブラシをかけ、香水をつけ、ドレスを着せた。もっとも、たしかに、これで満足したのは、シルヴィアよりもテブリック氏のほうだった。その証拠に、シルヴィアは、シルクのジャケットをいやがっていたのだ。

それでも朝食時には、多少せっかちに食べはしたものの、どうにか行儀よくふるまった。しかし、それからあとが大変だった。シルヴィアは、しきりに外へ出たがったが、テブリック氏のほうは、家事があって、それを許すわけにいかなかった。

気が紛れるように絵本を持ってきてやったが、全然見ようともしないで、ドアのところにとどまって、爪でしきりにドアを引っかいて、とうとうペンキをはがしてしまった。

はじめテブリック氏は、なだめたりすかしたりしたあとで、トランプをあたえて、ひとり占いなどを勧めてみた。しかし、何をしても妻が外へ出ていこうとする気もちをそらせることができないのを発見して、そぞろ憫《いか》りがこみあげてきた。

そして、きみはわたしの都合を待っていなければならない、強情くらべなら、わたしもきみに引けをとるものじゃない、とはっきり言った。

しかし、テブリック氏が何と言おうと、シルヴィアはまるで注意を払わないで、ますますしつっこくドアを引っかきつづけた。

テブリック氏は、妻がそうするのにまかせておいたが、そのうちに昼食時になった。妻は、きちんと席に着くことも、皿から食べることもいやがって、いきなり食卓に上がろうとして止められると、肉を引ったくって、食卓の下で食べた。テブリック氏がいくら叱っても、聞こうとしないし、聞いたとしてもむっつり顔でだった。

そこで、二人とも、ほとんど何も食べずに食事を終えた。というのは、シルヴィアがきちんと食卓に着くまでは、もう何もやらなかったし、テブリック氏自身は、いらだちのせいで食欲が失われてしまっていたからだ。

午後、テブリック氏は、妻を連れ出して、庭を散歩した。

シルヴィアは、もはや、早咲きのスノードロップや、テラスからのながめを大喜びするようなふりはしなかった。そうだ――いまのシルヴィアの興味は、たったひとつしかなかった――池のカモたちだ。テブリック氏が引き止める暇もないうちに、カモたちのいるところへ飛んでいってしまった。

さいわい、シルヴィアが水際へ行ったとき、水鳥は、全員泳いでいた(向こう岸から小川が池に流れ込んでいて、そこらあたりは凍っていなかったのだ)。

テブリック氏が池に降りていったとき、シルヴィアは、氷の上に走り出た。氷は、テブリック氏の重さに耐えないほどの厚さだった。妻に呼びかけて、戻ってくるように頼んだが、まったく気に留めないで、あちこち飛びはねて、できるかぎり、カモたちに近づこうとした。が、なかなか用心深くて、薄氷の上へ出ていくようなまねはしなかった。

まもなく、シルヴィアは、自分自身に襲いかかって、自分の衣服を引きはがしはじめ、とうとう、嚙みちぎって、小さなジャケットから抜け出して、それを口にくわえると、テブリック氏の手が届かない氷の穴に詰め込んでしまった。

それから、一糸まとわぬ雌狐となって、あちらこちら駆けまわり、哀れな夫のほうはちらりとも見なかった。かれは、いまは声もなく土手の上に立ちつくし、心のなかには、絶望と恐怖がずしりと居すわっていた。

シルヴィアは、午後の大部分、テブリック氏をそこに立たせておいたので、やがてかれは、シルヴィアを見守っていることで、からだの芯まで冷えきって、すっかり疲れてしまった。

とうとう、テブリック氏は、妻がついさっきジャケットを脱ぎ捨てたことや、けさは、衣服を着せられるのをいやがって抵抗したことを思い起こして、もしかすると、自分は妻にきびしすぎたのかもしれない。だから、妻がしたいようにさせておくなら、たとえ床で物を食べたとしても、何とかいっしょに幸せに暮らせるのではあるまいか、と考えた。そこで、大声で妻に呼びかけた。

「シルヴィア、さあさあ、いい子だから。服を着たくないのなら、もう着なくていいし、食卓に着かなくてもいいよ、約束する。そのことでは、したいようにするがいい。でも、ただひとつだけ諦めなくちゃいけないよ。つまり、わたしのそばにいて、一人で外へ出てはいけない、ということだ。そんなことをしたら危険だからね。もし犬にでも襲われたら、殺されてしまうじゃないか」

テブリック氏が話し終わるとすぐ、シルヴィアは、さもうれしげに駆けよって、じゃれついたり、あたりを跳ねまわったりしたので、テブリック氏は、相手に腹が立ち、寒さに閉口していたにもかかわらず、撫でてやらずにはいられなかった。

「ああシルヴィア、きみってわがままで狡猾《こうかつ》なんだな。どうやらそれを得意がっているようだ。でも、そういうきみを責めようとは思わない。ただ、わたしは自分のした約束はきちんと守るから、きみのほうもきちんと守ってくれなくちゃいけないよ」

屋敷へ戻ると、テブリック氏は、暖炉を盛大に焚《た》きつけ、ウィスキーを一、二杯あおって、からだを暖めた。なにしろ、からだの芯まで冷えきっていたからだ。

それから、食事のあと、憂さを晴らすために、もう一杯、さらにもう一杯と、グラスを重ねた結果、ずいぶん陽気な気分になったような気がした。

それから、テブリック氏は、かれの雌狐と戯れるのだった。彼女は、可愛いひょうきんさで夫をけしかけた。そこで、相手をつかまえようと椅子から立ちあがったが、脚がふらつくので、四つんばいになってしまった。とどのつまり、テブリック氏は、酒を飲むことですべての悲しみを紛らわしたのだ。

そこで、妻と同じようにけだものになりたいと思った。もっとも、妻がけだものになったのは自分の落ち度ではなく、どうしようもなかったのだけれど。

テブリック氏が酔い機嫌でどんなことまでやったかを語って、読者に不快感をあたえるつもりはない。ここではただ、テブリック氏は、べろんべろんに酔っぱらっていたので、翌朝、目をさましたとき、どんなことがあったのか、ごくぼんやりとしか思い出せなかった、とだけ言っておこう。

ひとが夜に泥酔した場合、その翌朝には、かれの性質の反対の面があらわれるという規則に、例外はない。テブリック氏の場合も同様で、昨夜、けだもののように、陽気で、まったくの向こう見ずだったのとは裏腹に、目がさめたときは、おのれを恥じて、ふさぎ込み、造物主のまえで心から悔い改めた。

正気に返ったとき、テブリック氏が真っ先にしたことは、神に呼びかけて、罪の赦しを乞うことだった。それから、テブリック氏は、ひざまずいて熱心に祈りはじめ、半時間ほど祈りつづけた。

やがて、立ちあがって着替えはしたものの、午前中ずっと、ひどく憂鬱な気分だった。そういう気分だったので、妻が裸で走りまわるのを見て、心が痛んだことは、容易に想像できるだろう。

しかし、まず自分が約束を破っておきながら、相手を矯正しようとするのはよくない、と思い直した。自分は約束をしたのだ。だから、あくまでも守るのだ。そこで、まことに心ならずも、相手の好きなようにさせておいた。

同じ理由で――つまり、あくまでも自分の約束を守るつもりだったから、テブリック氏は、妻に食卓に着くことを求めないで、朝の食事は皿に盛って部屋の隅に置いてやった。

正直な話、彼女は彼女で、そこで上品に礼儀正しく、皿のものをきれいに食べつくした。おまけに、その日の朝は外へは出ようともしないで、暖炉の前のひじ掛け椅子に丸まって、うたた寝をしていた。

昼食後、テブリック氏は、妻を外へ連れ出した。妻は、カモたちのところへ行こうとさえしないで、テブリック氏のまえを走って、もっと遠くまで散歩するようにしむけた。そうすることにテブリック氏が同意したので、妻は、大いに喜んだ。

人目につきはしないかとひどくおびえていたので、テブリック氏は、もっともひとの通らない道を選んで、野原をぬけて歩いていった。

しかし、幸運にも、四マイル以上も田舎道を歩いたが、だれにも遭《あ》わなかった。途中ずっと、妻はテブリック氏のまえを走りつづけ、やがて駆けもどって夫の手を舐めたりして、運動することを楽しんでいるようだった。

そして、二人は散歩の途中、何度か野ウサギを驚かせたけれども、シルヴィアは、決して追いかけようとはしないで、ただ、見るだけだった。それから、テブリック氏のほうを振り返って、まるでかれが、「ニャンコちゃん！　おいで、もうばかなまねはおやめ！」という警告の叫びをあげたかのように、笑ってみせた。

二人がちょうど屋敷へ帰りついて、玄関にはいろうとしたときに、年とった女とばったり出会った。テブリック氏は、狼狽《ろうばい》して立ち止まり、あたりを見まわして、シルヴィアを捜した。ところが、シルヴィアは、ちっともこわがらないで走り出て、老女にあいさつした。そのとき、テブリック氏は、侵入者がだれだかわかった。妻のもとの乳母だった。

「ここで何をしているのかね、コークのおかみさん？」

コークのおかみさんは、かれに答えて、次のように言った。

「おかわいそうに。哀れなシルヴィアお嬢さま！　犬みたいに駆けまわらせるなんて、あんまりですよ。ひどいことですよ。しかも、旦那さまの奥さまじゃありませんか。でも、どんな姿をしておいでであろうと、以前と同じように、信頼してあげなくちゃいけません。そうしてあげれば、お嬢さまのほうでも精いっぱい努めて、いい奥さまになろうとなさいますわ。そのように扱ってあげなければ、ほんとうに狐になっておしまいになっても不思議ではありません。

お暇が出るまえに、わたくし、お嬢さまをお見かけしました。それからというもの、心が安らぐことがございません。お嬢さまのことを思うと、おちおち眠ることもできませんでした。それで、旦那さま、これまでずうっとそうしてきたように、お嬢さまのお世話をするつもりで、戻ってまいりました」

乳母は、かがみ込んで、テブリック夫人の前脚をとった。

テブリック氏は、錠をあけて、三人は、なかにはいった。家のなかを見たとたん、コークのおかみさんは、何度も何度も声をあげた。

「ここはまるでブタ小屋です。こんなふうにお暮らしになってはいけません。りっぱな殿方には、だれかお世話をするひとがいなくてはなりません。ばあやがそれをいたします。この秘密をひとにもらすもんじゃございません」

もしも、老女が前の日に来たのであったら、九分九厘、テブリック氏は、彼女を追い返したにちがいない。しかし、昨夜の酔態で良心の声が呼びさまされて、自分の家事の不行き届きを深く恥じていたうえに、ばあやの「犬みたいに駆けまわらせるなんて、あんまりですよ」ということばが、骨身にこたえた。そんな気もちになっていたので、じつは、テブリック氏は、ばあやを歓迎したのだった。

しかし、テブリック夫人は、夫がもとのばあやに会って喜んだのと同程度に、ばあやとの対面をいやがったのだ、と推断していい。

子どものころ、ばあやにきびしく育てられ、いままた、ばあやに支配されるようになったこと、しかも、この年老いた乳母は、いまは夫人が何をしても決して気に入らないし、そもそも狐になっているのが性悪だ、といつも考えるだろう。そのことを考えれば、テブリック夫人が乳母をきらう理由はじゅうぶんにあるように思われる。

もしかすると、まだその上に、ばあやをけむたがるもうひとつの理由があったかもしれない。それは、警戒心である。テブリック氏は、妻を女性に戻そうとつねに努力していたし、少なくとも、女性らしくふるまわせたいと願っていたことを、わたしたちは知っている。

一方、シルヴィアとしては、夫のほうがけだもののようになるか、けだもののようにふるまうことを望んでいたのではなかっただろうか？　自分が変身して女性にもどるよりも、夫をけだものに変えるほうが容易だ、と考えていたのではないだろうか？

ついまえの晩も、テブリック氏が酔っぱらったときに、彼女はこの種の成功をおさめたことを考えれば、まさにそのとおりであったし、それゆえ、これもまた、この可哀そうな女性が、彼女のむかしの乳母と会うのをいやがる理由になる、と断定できるのではないだろうか？

コークのおかみさんが、妻をよいほうに感化することにテブリック氏がどのような期待をかけていたにせよ、それはたしかに、ことごとく裏切られてしまった。妻は、日ごとに乱暴になって、数日後には乳母の手に負えなくなったので、テブリック氏が再び彼女を完全に監督することになったのである。

最初の朝、コークのおかみさんは、テブリック夫人の紺色のシルクのジャケットの袖を切り詰め、白鳥の綿毛で飾って、彼女のために新しいジャケットを仕立ててやった。服の直しができるとすぐ、女主人に着せ、鏡を持ってきて、その合いぐあいを喜んでもらうつもりだった。

テブリック夫人にかしずいているあいだじゅう、老女は、まるで彼女が赤んぼうであるかのように話しかけ、赤んぼうのように扱った。おそらく、相手が人間かけだもののどちらかである、つまり、尊敬するべき、自分よりもすぐれた知力を備えた淑女であるか、ことばを言っても無益な野獣であるかのどちらかだ、とは夢にも考えなかったのだろう。

しかし、最初、おとなしく身をまかせていたテブリック夫人は、ばあやが背中を向けたとたん、それを待ちかねていたように、ばあやがせっかくきれいに作ってくれた衣装をズタズタに引き裂いてしまった。それから、まだ残っている二、三本のリボンを首からぶら下げたまま、楽しげに尻尾を振って駆けまわった。

何度も何度もそのとおりになった(というのは、老女は自分の思いどおりにすることに慣れていたからだ)。ついには、コークのおかみさんは、テブリック夫人の白い歯並びを恐れることがなかったら、彼女にお仕置きをしようとしたかもしれない。彼女は、しばしば乳母にむかって牙をむき、それから、いまのはほんの冗談よと言うように、あとから笑うのだった。

次々に着せられるドレスを引きちぎるだけではあき足らず、ある日のこと、シルヴィアは、こっそり二階の衣装だんすのところへ上がっていき、むかしのドレスを残らず引きずり下ろして、ズタズタに引き裂いてしまった。ウェディングドレスすらも容赦せずに、破ったり引きちぎったりしたので、あとには小さな人形に着せるはぎれさえ残らないといった体《てい》たらくだった。

テブリック氏は、これまで、妻の世話の大部分を老女にまかせて、どこまでしつけの効果をあげるかお手並み拝見と決めこんでいたが、これを見て、再び妻を自分で監督することにした。

コークのおかみさんに懐いていた期待を裏切られたいまでは、テブリック氏は、老女をいわば自分の手もとに引き取ったことを、大いに後悔した。

たしかに、料理やつくろい物など家事をしてくれて、いろいろな面で役に立ちはしたけれど、でもやはり、自分の秘密をばあやに握られているのは気づまりだった。妻のしつけを試みて失敗したいまでは、なおさらだった。

というのは、もし女主人をりっぱに矯正したのであれば、乳母は虚栄心から口を閉ざしただろうし、自分の言いなりにさせることで女主人をなおのこといとおしむだろう、と見ていたからである。

しかし、しつけが失敗に終わったいまは、乳母は、女主人が自分の言いなりにならなかったために、恨みをいだくかもしれない。あるいは、いくらよく見ても、この仕事に無関心になって、その結果、秘密をベラベラしゃべらないものでもない。

当面、テブリック氏としては、乳母がストーコウの村へ出かけないようにするしか手がなかった。村へ行けば、古い仲間みんなと会うだろうし、また、ライランズで何が起こっているか、などといった質問を次から次へと浴びせかけられるに決まっている。

とはいえ、いくら警戒していても、老女と妻の行動を逐一見張っていて、だれかがどちらかに遭うのを防ぐことは、明らかに手に余ると見てとったので、テブリック氏は、どうしたらいちばんよいかを思案しはじめた。

召使いや庭師に暇を出すにあたっては、よくない知らせを受けたので、妻はすでにロンドンへ発ち、自分もそこで落ち合って、おそらく、イギリスを去ることになるだろう、という話を発表していたので、近所界隈ではそのうわさでもちきりなのにちがいないことを、テブリック氏は、じゅうぶん承知していた。

さきに言ったこととは裏腹に、かれがまだ滞在をつづけているので、うわさはうわさを呼んでいることだろう。事実、テブリック氏は知らなかったけれど、この地方一帯で、かれの妻はソームズ少佐と駆け落ちし、テブリック氏は、悲しみのあまり気が狂い、飼い犬と馬を撃ち殺して、ひとり屋敷に閉じこもって、だれとも口をきかない、というわさが、すでに広まっていたのである。

このうわさは、近所の連中がでっちあげたものだが、とはいっても、べつにかれらが空想好きでも、ひとをかついでやろうと思ったわけでもなくて、大方の雑談の例に洩れず、これも談話のあいまを埋めるために作り出されたものである。だれしも、何も知らないと言うのはきらいで、だれそれのことを訊かれたなら、何か言わなくてはならない。さもないと、やれとんまだ、やれ「世間の事情にうとい」とみなされて、みんなに軽く見られるからである。

同様に、わたしもつい先ごろ、ある人物と出会ったのだが、この男、しばらくおしゃべりをしたあとで、わたしのことも、わたしがだれだかも知らないものだから、デイヴィッド・ガーネットは死んだ、ネコをいじめたあと、ネコに噛まれて死んだのだ、とわたしに言った。ガーネットは、法外な金をたかるやつとして、かねてから友人たちの鼻つまみだったから、死ねば世のため、ひとのためだ、と言うのだった。

わたしに関するこの話を聞いて、当座は興がったものだが、以来、大いに役立った、とわたしは心から信じている。というのは、このことは、おそらく、何にもまして、流言飛語や村のうわさ話をいっさい真《ま》に受けないように警戒させてくれたからだ。

その結果、わたしは、いまでは第二の天性として真の懐疑主義者になって、何事であれ、決定的な証拠がないかぎり、まずもって信じないことにしている。

事実、いまここで語っている出来事にしても、伝え聞いたことの十分の一でも信じていたなら、絶対に真相をきわめることはできなかっただろう。明らかに誤りで不合理であるか、それとも、確かめた事実と矛盾するような話が、それほどたくさんまかり通っていたのである。

したがって、わたしがここでお伝えするのは、話の骨格だけでしかない。なぜなら、たぶん、一部のひとにとっては、なかなかおもしろい読み物となるような、華やかな潤《じゅん》色《しょく》はいっさい排除したからだ。わたしに言わせれば、述べられたことがらの信憑性《しんぴょうせい》がいささかでも疑わしいようなら、それは物語としては不出来である。

話をもとに戻そう。テブリック氏は、いつまでもここに居つづけるなら、その秘密を見つけたいという隣人たちの好奇心をますますそそることになると考えて、一番いいのは転居することだ、と肚《はら》を決めた。

しばらく、いろいろと思いめぐらしたあとで、テブリック氏は、自分の目的にとっては、年老いた乳母の田舎屋くらい格好な場所はあるまい、と判断した。

そこは、ストーコウから三十マイルも離れたところにあった。田舎の三十マイルと言えば、ロンドンでアフリカ中央部の町ティンブクトゥまでの距離を想像するようなものなのだ。

しかも、そこは、タングリーの近くで、妻が少女時代からなじんできた土地だから、居ごこちがよいはずである。また、まったく人里離れたところで、近くには村もなく、タングリー・ホール以外には領主館はなかった。しかも、この館《やかた》もいまでは一年の大部分、住むひとがいなかった。

また、そこなら、かれの秘密をひとに知られるおそれもなかった。コークのおかみさんの息子しかいなかったからだ。息子は、男やもめで、一日じゅう、外で働いているので、欺《あざむ》くのは造作ないことだった。おまけに、まったく耳が聞こえず、鈍重で陰気な気質の男だったから、なおさらのことだった。

なるほど、コークのおかみさんの孫娘ポリーがいたが、テブリック氏は、この子のことをすっかり忘れていたか、さもなければ、まだほんの赤んぼうだから、危険とみなすに及ばないと考えたか、のどちらかだった。

テブリック氏は、その件をコークのおかみさんと相談し、二人は、即座にそうすることに決めた。じつを言えば、この老女は、そもそも愛情と好奇心からライランズへ戻ってきたことを後悔しはじめていたのだった。これまでのところ、仕事をたくさんしたのに、そのことをほとんど認めてもらえなかったからだ。

そのことが決まると、テブリック氏は、午後のうちに、ライランズで残っていた仕事を片づけた。それは、おもに、妻の乗馬を近くの農夫に預けることだった。テブリック氏は、自分の馬ともう一頭の余分の馬を二輪馬車に縦一列につないで、向こうまで走らせることを考えていたのだ。

翌朝、かれらは屋敷を閉めきって、まず、どうにか居ごこちがよいだろうと思われる、柳の小枝で編んだ大型バスケットのなかにテブリック夫人を入れて、しっかりと蓋を締めて、出立した。これは、安全のためだった。というのは、馬車の動揺によって、夫人が外へ飛び出さないともかぎらないし、もうひとつには、もしも外に出ているところを犬に嗅ぎつけられたりすれば、命にかかわる危険があったからだ。

テブリック氏は、まえの席の、自分のかたわらにバスケットを置いて馬車を走らせながら、たびたびシルヴィアにやさしく話しかけた。

シルヴィアは、馬車の旅にすっかり興奮して、あちこちの小枝の隙間に鼻を突っこんで、しきりにからだを曲げたり、ねじったりしながら、通り過ぎる景色を覗き見ようとした。

たまらなく寒い日だった。十五マイルほど進んだところで、一行は馬車を停めて、馬を休ませ、道ばたで昼食をとった。宿屋に寄る勇気がなかったのだ。どのような種類にしろ、バスケットのなかに生き物がいれば、たとえ老いぼれたフクロウにすぎなくても、必ず人の注意を引くことを、テブリック氏は知っていたのだ。

おそらく、居酒屋には、のらくらしている連中が数人いて、かれが狐を連れていることと気づくだろうし、二輪馬車のなかにバスケットを残しておいたとしても、宿屋の飼い犬どもが嗅ぎつけるのは目に見えていた。

だから、テブリック氏は、危険を冒すのをやめて、ひどく凍《い》てつき、北東の風が吹きすさんでいるにもかかわらず、路傍に馬車を停めて、そこで休息したのだった。

テブリック氏は、大事なバスケットを降ろし、二頭の馬の馬具をはずして、毛布をかけてやり、穀類をあたえた。

それから、バスケットを開けて、シルヴィアを外へ出してやった。シルヴィアは、有頂天になって大喜びし、あちらこちら駆けまわりながら、夫に飛びついたり、あたりを見まわしたり、さらに、地べたをゴロゴロ転げまわりさえした。

テブリック氏は、これは妻がこの旅をするのを楽しんでいるのだと解して、妻に劣らずご機嫌だった。コークのおかみさんはと言えば、彼女は毛布にくるまって、身じろぎひとつしないで、馬車の後部座席にすわって、サンドイッチを食べていたが、ひとことも口をきこうとはしなかった。

そこで三十分ほど休憩したあとで、テブリック氏は、再び馬に牽き具をつけた。しかし、あまりの寒さに手がかじかんで皮ひもを留めることもままならぬくらいだった。それから、かれの雌狐をバスケットに入れたが、あたりを見たがっているのがわかったので、彼女が柳の枝を歯で嚙みちぎって、ちょうど頭がのぞくくらいの穴を開けるままにしておいた。

一行は、また馬車を進めたが、やがて、雪が降りだし、しかも本降りになったので、テブリック氏は、向こうに着けないのではないか、と心配しはじめた。しかし、陽が沈んでまもなく、馬車は目的地にたどり着いた。

テブリック氏は、馬具を解き、馬に飼い葉と水をやるのをコークのおかみさんの息子のサイモンにまかせた。そのときまでには、テブリック氏と同様、かれの雌狐も疲れはてていたので、かれはベッドに、彼女はその下で、二人とも非常に満足して眠りについた。

明くる朝、家の周囲を見まわすと、そこにはテブリック氏がいちばん必要としたものがあった。それは、塀をめぐらした、こぢんまりとした庭で、そこなら、妻が自由に走りまわれて、しかも、危険にさらされる心配はなかった。

朝食が終わると、シルヴィアは、しきりに外の雪のなかに出たがった。そこで、いっしょに外へ出たが、テブリック氏は、ひとにせよ、動物にせよ、このときの妻ほど狂喜する生き物を見たことは、これまでに一度もなかった。

というのは、シルヴィアは、気が狂ったように、あちらこちら駆けまわり、雪に嚙みかかり、雪のなかを転げまわり、クルクル輪を描いて走っていたかと思うと、すぐに、まるで嚙みつくつもりであるかのようにすさまじい勢いで、テブリック氏のところに駆け戻ってきたりした。

テブリック氏も、この浮かれ騒ぎに加わって、シルヴィアに雪つぶてを投げはじめた。おしまいには、シルヴィアがひどく興奮してきたので、彼女を静めて、屋内に連れ込んで、昼食を食べさせるのは、大変な苦労だった。

事実、妻が跳ねまわったために、庭は一面、足跡だらけになっていた。妻が雪のなかでゴロゴロころがった跡、雪のなかで踊り狂った跡が、歴然と残っていた。なかにはいりしなに、テブリック氏は、そういう妻の足跡をながめながら、なぜかしら、胸が痛んだ。

年老いたばあやの田舎屋での最初の一日は、いつもの諍《いさか》いもなく、まずまず楽しく過ごした。それも、雪が珍しくて二人の気が紛れたおかげだった。

午後、テブリック氏は、はじめて妻をポリーに引き合わせた。少女は、もの珍しげに狐をながめていたが、はにかんでしりごみして、ひどく狐を怖がっているように思われた。しかし、テブリック氏は、本を手に取って、二人が勝手に知り合いになるのにまかせておいた。

しばらくして様子を見ると、二人は、いっしょになっていて、ポリーはかれの妻の頭を撫で、軽くたたきながら、背中の毛を指ですいていた。やがて、少女は、狐に話しかけ、人形を持ちこんで相手に見せた。そこで、じきに二人は、大変仲のよい遊び友だちになった。

テブリック氏は、二人の様子を見て、非常に喜んだ。とりわけ、狐のなかに非常に母性的なところがあるのに気づいて、うれしかった。実際、彼女は、子どもよりもはるかに知性が高かったし、また、軽率な行動を控えていた。

しかし、ポリーの意向どおりにさせながらも、どんなゲームでも、なんとかしてそれにひねりを加えたので、必ず、幼い女の子を大喜びさせるのだった。

要するに、わずかのあいだに、ポリーは、新しい遊び相手がすっかり気に入って、引き離されると泣いて、いっしょにいたい、と訴えた。

テブリック夫人のこうした気質は、コークのおかみさんを喜ばして、このところより

も、テブリック氏にも、夫人にも、あいそよくするようになった。

かれらがこの田舎屋に来てから三日目に、天気が変わって、二人が朝起きてみると、雪は消えて、南から風が吹き、陽が燦々《さんさん》と照っていたので、まるで春の最初の訪れのようだった。

テブリック氏は、朝食後、かれの雌狐を外の庭に出してやり、しばらくいっしょにいたが、やがて手紙を書くために屋内へもどった。

再び庭に出てみると、妻の姿はどこにも見えなかった。そこで、テブリック氏は、うろたえて走りまわりながら、妻の名前を呼んだ。

とうとう、庭の片隅の塀ぎわに、新しく掘られた穴があるのを見つけた。どうやら塀の下をくぐり抜けようとしている様子だ。これを見ると、テブリック氏は、庭から飛び出して塀の反対側にまわった。しかし、そこには穴がないので、シルヴィアはまだ塀をくぐり抜けてはいない、と推断した。

やはり、思ったとおりだった。というのは、引き返して穴に手を差し入れると、雌狐の尻尾が手に触れ、彼女がかぎづめで掘り進んでいる音がはっきりと聞こえたからである。そこで、テブリック氏は、妻に呼びかけて、こう言った。

「シルヴィア、シルヴィア、どうしてこんなまねをするんだい？　わたしからのがれようとしているのかい？　わたしはきみの夫だよ。閉じ込めているのは、きみを護るためだ、危険な目に遭わせないようにするためだ。どうすればきみを幸せにしてあげられるのか、教えておくれ。そうすれば、そのとおりにするよ。でも、わたしから逃げ出すのは止めてくれないか。

きみを愛しているんだよ、シルヴィア。それがいやで、わたしの手もとから逃げ出して、いつだって命を失う危険のある、外の世界へはいっていきたい、と思っているのかい？

外にはいたるところに犬がいるんだ。だから、わたしが付いていなかったら、やつらはみんな、きみを殺してしまうだろうよ。出ておいで、シルヴィア。出ておいで」

けれども、シルヴィアは、かれのことばに耳を貸そうとしなかった。そこで、テブリック氏は、黙然として、そこで待っていた。

しばらくして、角度を変えて話しかけ、次のように訊いた。一人では外へ出ないという、わたしと交わした約束を忘れたのか？　いまや庭で何でも勝手にできるようになったので、みだりに約束を破ろうとするのか？

また、次のようにも質問した。わたしたちは夫婦ではないのか？　そして、わたしは、つねにきみに対してよい夫ではなかっただろうか？

しかし、シルヴィアは、これにも耳を貸さないので、とうとう、テブリック氏は、どうにも癇癪《かんしゃく》の虫を押さえきれなくなって、妻の強情をののしって、いまいましい狐になりたいのなら、勝手にしたらいい、こっちも思いどおりにするから、と言った。おまえはまだ逃げおおせたわけじゃない。まだ時間はあるのだから、この穴を掘って引きずり出してやる。反抗すれば、袋に入れてやる。

こういうことばを聞くと、シルヴィアは、ただちに這い出してきた。夫がどうして怒っているのかわからないといった様子で、きょとんとテブリック氏を見あげた。そうだ、夫にじゃれかかりさえしたのだ。しかも、鷹揚《おうよう》な態度で、まるで夫の癇癪を立派にがまんする、よくできた妻ででもあるかのようだった。

彼女のそういう様子に、哀れな紳士は(それほどかれは単純だったのだ)、癇癪を爆発させたことを悔いて、いたく恥じ入った。

しかし、それにもかかわらず、妻が穴から出てきたとき、テブリック氏は、その穴に大きな石ころを埋めこんで、バールで突き固めた。こうすれば、また掘る気になったと

しても、その場所での仕事はまえよりも骨が折れるはずだった。

午後になって、テブリック氏は、再び妻を庭に出してやった。しかし、こんどは、幼いポリーを付き添わせて相手をさせた。ところが、しばらくして外をのぞいてみると、かれの雌狐は、古いナシの木の大枝によじのぼって、塀ごしに外をうかがっていた。その木は塀からあまり離れていないので、枝を伝ってもう少し先に出れば、塀を飛び越えることもできるくらいだった。

テブリック氏は、脱兎のように庭に走り出た。かれを見たとき、かれの妻はギョッとした様子で、塀をめがけて飛んだが、飛び損ねて、塀にはとどかず、地面にドウと落っこちて、そこで気を失ってしまった。

テブリック氏が駆けよってみると、妻の頭は落ちた拍子にねじれて、からだの下敷きになり、首の骨はどうやら折れているようだった。そのショックは、あまりにも大きかったので、テブリック氏は、しばらくのあいだ、何をすることもできず、ただもう茫然として、妻のぐんにゃりしたからだを両手でひねりまわしていた。

ようやく、妻はほんとうに死んだのだと知って、なんという恐ろしい厄災を神は見舞いたもうたのかと考えはじめて、激しく神をののしった。そして自分を打ち殺すか、さもなくば、妻をお返しください、と呼びかけた。

「まだ足りないのですか?」

と、テブリック氏は、なおも汚い、ばちあたりな悪態をつきながら、叫んだ。

「わたしの大事な妻をとりあげて、狐に変えたばかりか、こんどは、この厄災のなかでわたしの唯一の慰めであり、慰安であった狐をも、わたしからとりあげなければならないのですか?」

それから、テブリック氏は、ワッと泣き出し、両手をもみしぼりはじめた。そして、もののの半時間も、そこで悲嘆の淵に沈んでいたので、自分が何をしていようと、これからさき、どうなろうと、いっこうに気にかけなかった。ただ、自分の人生はもう終わったのだ、だから、なるべく早く死にたい、ということだけはわかっていた。

このあいだずっと、幼いポリーは、そばに立ちつくして、最初は目を丸くして見つめていたが、次に、テブリック氏に何が起こったのかとたずね、おしまいには、おびえて泣きだした。

しかし、テブリック氏は、ポリーのことは気にも留めず、見向きもしないで、頭髪を掻きむしりながら、ときどき神をののしったり、こぶしを天にむけて振りまわしたりしていた。

そこで、こわくなったポリーは、木戸口を開けて、庭から走り出てしまった。ようやく、疲れはてて、妻を失ったことで、いわば全身が麻痺したようになって、テブリック氏は立ちあがり、愛する雌狐を、落っこちたあたりに横たえたまま、家のなかへはいった。

ほんの二分ほど屋内にいて、それから、テブリック氏は、レーザーを手にして、再び庭に出てきた。われとわがのど笛をかき切るつもりだった。この悲嘆の最初の発作のため、正気を失っていたからだ。

しかし、かれの雌狐は、いなくなっていた。そこで、いっとき、途方にくれてあたりを見まわした。それから、だれかが死骸を持ち去ったにちがいないと思って、カッとなった。

庭の木戸口が開いているので、テブリック氏は、まっすぐにそこを走りぬけた。

さて、ポリーが走り去ったときに半開きにしたままにしておいたこの木戸口は、夜間、ニワトリを閉じこめておく狭い中庭に通じていた。材木小屋と屋外便所もそこにあった。庭の木戸口の反対側に、二つの木製の扉があった。その幅は、開けると荷車が出入りできるほど広く、高さは、ひとが中庭を覗きこめないくらいだった。

テブリック氏が中庭にはいっていくと、かれの雌狐がその扉に跳びつこうとしているのを発見した。しかも、恐怖のために気が狂ったようになっていながら、これまで見たこともないくらい威勢がいいのだ。

シルヴィアのところに駆け寄ったが、彼女は、テブリック氏からしりごみをして、さらに脇をすり抜けようとした。しかし、なんとかつかまえた。シルヴィアは、かれに向かって歯をむき出したが、そんなことにはおかまいなく、即座に両腕にかかえあげ、そのまま家のなかへ連れこんだ。

けれども、そのあいだもずっと、妻が生きているのを見てもわが目が信じられないくらいだった。どこか骨が折れてやしないか、と注意深くからだじゅうをさわってみたが、どこにも骨折はない。

実際、それから何時間もたってはじめて、この哀れな、愚かな紳士は、ことの真相にうすうす感づきはじめたのだった。すなわち、かれの雌狐は、まんまとかれを欺いたのだ。そして、テブリック氏が胸を引き裂くような悲痛なことばで妻を失ったことを嘆いているあいだじゅう、彼女は死んだふりをして、折りあらば逃げ出そうとしていたにすぎなかったのだ。

中庭の木戸口が閉まっていたのは、単なる偶然だったが、そうでなかったなら、シルヴィアは、その策略で逃げおおせたわけだった。よく考えてみれば、死んだふりをしたのは、彼女のぺてんにすぎないことは、明白だった。

事実、それは、古い、むかしからの狐の策略なのだ。そのことは、イソップにあるし、その後もあまたの作家がそのことを裏書きしている。

しかし、テブリック氏は、こっぴどく妻にだまされたので、妻が死んだと思って、ついさっき嘆き悲しんだのに劣らず、はじめのうちは、妻がまだ生きているのを見て、かれの胸は喜びにおどったのだった。

テブリック氏は、妻を抱きあげ、ひしと抱きしめながら、死なずにすんだことを再三再四、神に感謝した。ところが、かれのキスも愛撫も、いまはほとんど効果がなかった。それに応えて夫の顔を舐めもしなければ、やさしいまなざしを返しもしないのだ。

ただ、ちぢこまって、ぶすっとしていて、テブリック氏が手を触れるたびごとに、首の毛を逆立てて、耳をうしろに伏せるのだった。最初、テブリック氏は骨折した箇所か、痛む箇所にさわったせいかもしれないと思ったが、ようやく、真実がわかってきた。

こうして、テブリック氏は、またも苦しむこととなった。そして、妻の裏切りを知った苦痛は、妻を失う悲嘆にくらべれば何でもなかったけれど、その苦痛は、いっそうじわじわと長続きするものだった。はじめは、まるで取るに足りなかった心の痛みは、次第に大きくなって、ついに拷問のようにテブリック氏をせめ苛《さいな》んだ。

もしも、テブリック氏がそんじょそこらにいるような並の夫であったなら――つまり、妻のふるまいや行動は、あまりきびしく詮索するものではないし、「きょうは何をして過ごしたの?」などと聞いて、余計に馬鹿にされるようなことは金輪際してはいけないことを、経験から学んでいるような夫であったなら――もしも、テブリック氏がその手の夫であったなら、もっと幸せだっただろうし、かれの苦痛もほとんど無に等しかっただろう。

だが、テブリック氏は、かれらの結婚生活を通じて、一度も妻に裏切られたことがなかったということを考慮しなければならない。そうだ、彼女は罪のない嘘ひとつだってついたことがなく、まるで自分と夫とは、夫婦でもなく、それどころか異性同士でさえないかのように、いつも率直で、あけっぴろげで、無邪気だったのだ。

にもかかわらず、わたしたちは、テブリック氏を大馬鹿者と評価せざるをえない。なにしろ、あらゆる国、あらゆる時代に、あらゆる人種のあいだで、欺瞞と奸智と狡猾さで知られる狐とこうして暮らしながら、そういう狐が、かれが結婚した田舎娘と同様に、何事につけても、誠実で正直であることを期待していたのだ。

かれの妻のむっつりして不機嫌な態度は、一日じゅう変わらなかった。彼女は、ちぢこまってあとじさり、ソファーの下に隠れてしまい、いくら声をかけても出てこない。夕食時になってさえ、そこでがんばって、食事で誘ってもかたくなに拒んだ。そして、じつに静かに横たわっているので、何時間も、こそとの音もしなかった。

夜になって、テブリック氏は、シルヴィアを抱いて寝室へ上がっていったが、シルヴィアは、相変わらず仏頂面をして、ひと口も食べようとしなかった。ただ、夜中に、夫が眠っていると思ったときに、少量の水を飲んだ。

翌朝も、シルヴィアの態度は変わらなかった。そして、いまでは、テブリック氏は、およそ男が味わいうるありとあらゆる苦悩、すなわち、傷ついた自尊心、幻滅、絶望を嘗《な》め尽くしたのだった。

しかし、いろいろな感情が胸にこみあげてきて、息が詰まりそうだったけれど、テブリック氏は、それを少しも妻に見せなかったし、雌狐に寄せるやさしさと思いやりは、みじんも減じることはなかった。

朝食時に、絞めたばかりの若い雌鶏《めんどり》の生肉で誘ってみた。妻にこのように取り入ることはつらいことだった。これまでは、食事はもっぱら火を通した肉のみを食べさせることに決めていたからだ。

しかし、皿のものを拒まれるのは、それ以上に耐えがたいことだった。それに加えて、いまや、これ以上夫のもとにいるよりは、餓死することを望んでいるのではないか、という不安があった。

午前中ずっと、テブリック氏は、妻を身近に引き止めていたが、午後からは、二度と妻に木登りをするという芸当をさせないように、ナシの木を伐り倒したあとで、再び庭に出してやった。

ところが、テブリック氏がそばにいるあいだは、シルヴィアは、いつものように駆けまわったり、じゃれたりしないで、いかにもうんざりした顔つきをして、尻尾を股にはさみ、耳を伏せたまま、肩の毛を逆立て、身じろぎひとつしない。この様子を見て、テブリック氏は、ただもう不憫《ふびん》だという気もちから、一人きりにしておいた。

三十分ほどして出て行ってみると、シルヴィアは、いなくなっていた。しかし、塀ぎわにかなり大きな穴が掘られており、シルヴィアは、その穴にもぐって尻尾だけをのぞかせ、塀の下をくぐり抜けて逃げようとして、死物狂いで掘り進んでいる。

テブリック氏は、その穴のところへ駆け寄って、腕を差し入れて、出てくるように呼びかけたが、出てこようとしない。そこで、まず、肩に手をかけて引っ張り出しにかかったが、握っていた手がするりと滑ったので、こんどは後脚をつかんで引っぱった。シルヴィアを引きずり出したとたん、彼女は、くるりと向き直り、テブリック氏の手に嚙みついてきて、親指の付け根のところをガブリと嚙んだ。しかし、即座に放した。かれらは、しばらく、そこでにらみ合っていた。

テブリック氏は、両ひざを突き、シルヴィアは、強情な邪悪さと憤怒《ふんぬ》をむき出しにして、かれをにらんでいる。こうして両ひざを突いているので、テブリック氏は、シルヴィアとほぼ同じ高さまでかがみこんで、彼女の鼻づらは、かれの顔に触れんばかりに突き出されている。

シルヴィアは、耳をぴたりと伏せ、声のない唸りで歯茎をめくりあげ、美しいすべての歯はもう一度嚙みつくぞ、とテブリック氏を脅している。シルヴィアの背もまた、弓なりに盛りあがって、背中の毛は逆立ち、尻尾は相変わらずだらんと垂れたままだ。

しかし、テブリック氏の目をとらえて離さなかったのは、細長い瞳孔に捨てばちの獰猛さと憤怒をたたえて見つめている妻の目だった。

手から血がたらたらと流れていたが、テブリック氏は、そのことも、その痛みも、まるで気に留めなかった。

「これは、どういうことかね、シルヴィア？」

テブリック氏は、とても穏やかな声で言った。

「これは、どういうことかね？　どうしてそんなに暴れるんだい？　わたしがきみの自由を妨げているとしたら、それは、きみを愛しているからだよ。わたしのそばにいることが、そんなに苦痛なのかい？」

が、シルヴィアは、顔の筋ひとつ動かしもしなかった。

「かわいそうに、苦悶しているのでなければ、よもやこんなまねはしないだろう。きみは自由を求めている。きみをいつまでもとどめておくことはできない。きみが一人の女性であったときに立てた誓いをあくまでも守れとは言えない。だって、きみはもう、わたしがだれかさえ覚えていないんだからね」

そのとき、涙がテブリック氏のほおを伝ってこぼれ落ちはじめた。テブリック氏は、涙にむせびながら、妻にこう言った。

「お行き――もう引き留めはしない。かわいそうな狐、かわいそうな狐、愛してるよ、愛してるよ。行きたければお行き。でも、もしわたしのことを思い出したら、帰っておいで。きみの意思に反して引き留めたりは絶対しないから。お行き――さあ、お行き。でも、もう一度キスしておくれ」

テブリック氏は、それから身を乗り出して、唸っている牙に唇を触れた。しかし、シルヴィアは相変わらず唸っていたけれども、嚙みつきはしなかった。

それから、テブリック氏は、すばやく立ちあがって、森をうしろに控えた小さな牧場に通じる庭木戸のところへ行った。

かれが木戸を開けると、シルヴィアは、矢のようにそこを通り抜け、ひと吹きの煙のように牧草地を突っ切って、一瞬のうちに姿を消してしまった。

それから、突然一人ぼっちになったのを悟ったテブリック氏は、いわば、ハッとわれに返って、シルヴィアの名を呼んだり、大声で彼女に呼びかけたりしながら、あとを追って走った。そうして、森のなかへ突進していき、一マイルも奥に飛び込んでいって、やみくもに走りまわった。

とうとう、疲れはてると、もはや妻は取り戻すことのできないところへ去ってしまったし、すでに夜になったことを悟って、テブリック氏は、地べたにへたりこんだ。

それから、立ちあがって、疲れきり、すっかり気落ちして、トボトボと家路をたどった。道々、まだ血の止まらない手を縛った。

テブリック氏の上着はやぶれ、帽子は失って、顔にはひとすじイバラでかき傷がついていた。冷静になったいま、自分がしたことをつくづく考えてみて、妻を自由にしたことを深く後悔しはじめた。

妻を自由にしたことで、テブリック氏は、妻を裏切ってしまったのだ。そのため、妻はこのさき、永久に野生の狐の生涯を送らなければならないし、天候のあらゆる酷烈さと難儀に耐えなくてはならないし、狩りたてられる動物につきまとう、あらゆる危険に身をさらさなければならないのだ。

田舎屋に帰り着くと、コークのおかみさんが、寝ないでテブリック氏を待っていた。

「奥さまをどうなさいましたのですか？　旦那さまも奥さまもいらっしゃらないので、寂しゅうございました。何か恐ろしいことでもあったかと思って、どうしていいかわかりませんでした。お二人をお待ちして、こうして夜中まで起きておりました。それで、奥さまは今どこにいらっしゃるのですか？」

乳母があまりにもきつい口調で問いかけたので、テブリック氏は、黙って立っていた。ようやく、こう言った。

「行かせてやったよ。逃げてしまったんだ」

「まあ、おかわいそうに、シルヴィアお嬢さま！」

と、老女は叫んだ。

「おかわいそうに！　恥ずかしいことですよ！　放してやっただなんて、とんでもない！　お気の毒な奥さま、それが夫のおっしゃることですか！　恥ずかしいことです。でも、はじめから、わたくし、こんなことになるのはわかっておりましたんです」

老女は、怒りで顔面蒼白になって、自分が何を言っているのか気にしなかった。しかし、テブリック氏は、彼女のことばに耳を傾けていなかった。ようやく、乳母のほうに目を向けると、彼女がおんおん泣きだしたのに気づいた。

そこで、テブリック氏は、部屋を出て、寝室に上がっていき、綿のように疲れて、服を着たままベッドに倒れ込んで、浅い眠りについた。ときどき魘《うな》されてハッと目ざめては、それから、疲れのために、また眠りに落ちるのだった。

目がさめたのは、昼近くだったが、冷たく、寒々としていた。テブリック氏は、全身が棒のようにこわばっているのを感じた。横になっていると、再び、さっきテブリック氏を目ざめさせた物音が聞こえた——数頭の馬が速足で走る音、家のそばを騎馬で通る男たちの声だ。

テブリック氏は、ガバとはね起き、窓辺に駆け寄って、外を見やった。最初に目についたのは、ピンク色の上着を着て、並足で馬を進めて小道を下っていく一人の紳士の姿だった。

これを見るなり、テブリック氏は、一刻の猶予もせず、せかせかとブーツを履くと、すぐさま走り出た。狩りをしてはいけない、妻が逃げたので、撃たれるおそれがある、と申し入れるつもりだった。

ところが、田舎屋の外へ出たとき、ことばが出てこないで、激怒に襲われてしまった。そこで、やっと、次のように怒鳴った。

「何というまねをするんだ、この下司《げす》野郎め！」

そういって、ステッキを手にして、ピンク色の上着を着た紳士に躍りかかり、手綱をつかみ、紳士の脚を取って、鞍から投げ落とそうとした。しかし、テブリック氏がそういうふるまいで何をするつもりだったのか、また、何をしたであろうかを決定することは、じつは不可能である。

というのは、くだんの紳士は、思いもよらず、髪をふり乱してだらしない風体《ふうてい》をした、いかにも奇妙な男に突然襲われたものだから、狩猟用の鞭をさかさにもって、テブリック氏のこめかみをピシリと一撃した。そこで、テブリック氏は、気を失って、その場に倒れたからだ。

そのとき、もう一人の紳士が乗りつけてきた。かれらは、親切にも馬を降り、テブリック氏を田舎屋へ運び込んだ。そこでは、年老いた乳母が二人を迎えて、手をふりしぼりながら、テブリック氏の奥さんが走って逃げたこと、奥さんは雌狐の姿をしていること、そして、テブリック氏が走り出て、かれらを襲ったのはそのためであること、を話した。

二人の紳士は、これを聞いて笑わずにはいられなかった。それから、テブリック氏というのは、何者であれ、たしかに狂人であり、老女のほうも主人に劣らず気が変なようだ、と語り合ったあと、すぐさま、馬にまたがって先へ進んでいった。

けれども、この話は、この地方の紳士階級のあいだに広まって、すべてのひとが前々から懐いていた意見に完璧な裏打ちをあたえた。すなわち、テブリック氏は気が狂い、妻はかれから逃げてしまった、という意見である。テブリック夫人が雌狐であるという部分は、この話を聞いた少数のひとからお笑いぐさにされて、やがて、話の本筋にはかかわりがないうえ、そもそも信じがたいことだとして省かれてしまった。ただし、のちになって、ひとびとはそのことを思い出し、その重大な意味を理解するようになったのである。

テブリック氏が正気づいたとき、すでに昼をまわっていた。頭が割れるように痛んで、何が起こったのか、混乱したかたちでしか思い出せなかった。

それでも、すぐさま乳母の息子に自分の馬を貸しあたえて、狩りの模様をたずねに行かせた。

と同時に、年老いた乳母に言いつけて、もしかすると、女主人がまだ近くにいるかもしれないので、食べ物と水を出しておくようにと言った。

日暮れまでにサイモンは戻ってきて、狩りの次第を報告した。狩りは長いことつづいたが、一匹の狐を取り逃がし、その後、年とった雄狐を隠れ場から狩り出して、猟犬がとらえた。こうして本日の狩りは終了した、とのことだった。

これを聞いて、哀れなテブリック氏は、再び一縷《いちる》の望みをいだき、そそくさと起き出して、森へ出かけて、妻を呼びはじめた。

しかし、とうとう、ふらふらになって、地面に倒れてしまった。そして、ただもう疲労のため、野天で一夜を明かした。

夜が明けてから、田舎屋に戻っていったが、寒けがして、その後、三、四日は床についていなければならなかった。

このあいだもずっと、夜ごと、外に食べ物を出して置かせたところ、ネズミどもがやって来て、食い散らすばかりで、狐の足跡が残っていることはついぞなかった。

とうとう、テブリック氏の不安は、違った方向へむかっていった。つまり、かれの雌狐は、ストーコウへ立ち戻っていった、ということもあるかもしれない、と考えるようになったのだ。

そこで、テブリック氏は、二頭の馬に馬具をつけて二輪馬車につないで、玄関先へまわさせた。それから、まだ熱が引かず、ひどい風邪に苦しみながら、馬車でライランズへ戻っていった。

その後は、テブリック氏は、ずっと友人たちとの交わりを避けて孤独に暮らした。そして、一人の男だけと会っていた。それは、アスキューと呼ばれる男で、この男は、ウォンテージで、競馬の騎手として養成されたのだが、図体が大きくなりすぎて、騎手の職業には不向きになってしまったのだった。

テブリック氏は、この、のらくらしている男に、週に三日、自分の馬の一頭に乗らせて、狩猟に従《つ》いて行かせ、狩猟隊が狐を殺すたびごとに報告させた。

もし、その狐を見ることができれば、ますます上等なわけで、そういうときには、それがテブリック氏の妻であるか否かがわかるように、その雌狐の特徴をこと細かに説明させるのだった。

とはいえ、テブリック氏は、自分が狩り場へ出むく自信がなかった。怒りに支配されて、殺人を犯すかもしれないからだ。

近隣で狩りがあるたびに、テブリック氏は、ライランズの表門と、さらに屋敷のドアも大きく開けはなち、銃を手にして見張りをした。万が一にも、妻が猟犬に追い詰められて、駆けこんできたら、救ってやれることを期待したのだった。

けれども、狩猟隊が近くに来たのは一度しかなかった。そのとき、本隊からはぐれた二頭のフォックスハウンドが、テブリック氏の敷地に迷い込んできたので、その場で撃ち殺して、のちほど自分の手で犬を埋めた。すでに三月も半ばになったいまでは、あとわずかで狩りのシーズンは終わりだった。しかし、このころ、このような暮らしをしていたので、テブリック氏は、だんだんと本物の人間ぎらいになっていった。だれが訪ねてきても屋敷へ入れなかったし、自分もめったに友人たちに会おうとはしないで、おもに人けのない早朝に外へ出て、最愛の雌狐と再会することを期待して歩きまわるのだった。

事実、テブリック氏は、この、いつかまた妻に会えるかもしれないという希望ひとつにすがって、かろうじて生きていたのである。なにしろ、何につけても自分自身の安楽ということはおよそ構わなくなって、きちんと食事をするのも面倒で、まる一日で、固くなったひと切れのパンとチーズのかけらしか食べないことも、まれではなかった。

もっとも、ときには、悲しみを酒で紛らわして眠りにつくために、ウィスキーのボトルを半分も空《あ》けることがあった。なぜなら、眠りが奪われてしまって、まどろみはじめたかと思うと、何か物音がしたような気がして、ハッと目が覚めたからである。

あごひげも伸び放題で、かつては身なりに非常にやかましかったのだけれど、いまはまったく身なりにかまわなくなって、続けて一、二週間も入浴しないこともあったし、爪に垢《あか》がたまっていても、そのままにしておいた。

こうした生活の乱れは、テブリック氏に悪意のある快感をつのらせた。というのは、いまでは、自分と同じ紳士階級を嫌悪するようになり、人間の品位とか作法とかのすべてに反感をいだくようになっていたからである。

奇妙なことに、こういう日々を通じて、テブリック氏は、あれほど愛していた妻のことを哀惜したことはただの一度もなかった。そうだ、いま、だれのために嘆いているかと言えば、ただ、去っていったかれの雌狐のことだけだった。

この時期を通じて、テブリック氏に絶えずつきまとっていたのは、やさしく上品な女性の思い出ではなく、一匹の動物の記憶だった。たしかに、行儀よくテーブルで食事をし、気が向けばピケットに興じるけだものではあるが、にもかかわらず、じつは野獣以外の何ものでもなかった。現在のテブリック氏の望みは、ただひとつ、そのけだものをとりもどすことだけだった。そして、かれはそのことを絶えず夢想していた。

同様に、寝ても覚めても、妻の幻影がまぶたに浮かぶのだった。彼女のおもかげ、先端の白いふさふさした尻尾、白いのど首、厚く耳をおおう毛、それらのすべてが頭にこびりついて離れなかった。

妻の狐としてのしぐさの一つ一つが、いまやテブリック氏には無性に慕わしくなって、彼女がたしかに死んだとわかり、再婚を考えたとしても、テブリック氏は、人間の女性では決して幸せになれなかっただろう、とわたしは信じている。そうだ、実際、テブリック氏は、むしろ、ひとに馴れた狐を飼いたいと思い、それで、それこそ無上に幸せな結婚である、と考えたのではないだろうか。

しかし、これはすべて、世間では類の少ない情念とまことの夫婦愛に発している、と言ってよい。わたしたちは、テブリック氏のことを愚か者で、ほとんど狂人と思うかもしれないが、もっと仔細《しさい》に見るなら、その異常な献身には尊敬に値する点が多々あることがわかるにちがいない。

事実、世の中には、自分の妻が気が狂ったなら、精神病院に閉じ込めて、妾狂《めかけ》いをする、いや、あまつさえ、そういう所業を恬《てん》として恥じない夫はいくらでもいるのだ。実際、テブリック氏は、そういうやからとは、なんと選を異にしていたことか。

これに対して、テブリック氏の気質は、非常に異なっていて、妻はいまや、狩りの対象となっているけだものにすぎなかったけれども、世界じゅうで彼女のほかだれも愛していなかったのだ。

しかし、この激烈な愛は、肺病のようにテブリック氏を蝕《むしば》んでいった。その結果、眠られぬ夜を重ね、わが身のことをかまわないために、二、三か月のうちに、見る影もなく憔悴《しょうすい》してしまった。頬はこけ、目は落ちくぼみ、異様にキラキラと輝き、全身の肉が落ちてしまった。そこで、かれを見ると、生きているのが不思議なくらいだった。

もう狩猟シーズンは終わったので、まえほど妻のことを心配しなくなった。しかし、そうはいっても、妻が猟犬にとらえられなかった、と断言することはできなかった。というのは、彼女を放してから、狩猟のシーズンの終わり(復活祭の直後)までの期間に、近くで殺された狐は、少なくとも三匹はいたからだ。

その三匹のうち一匹は、半分目が見えない、つまり、角膜が白く濁った目をしており、もう一匹は、灰色でどんよりした毛並をしていた。三匹目は、もっとかれの妻の外見と一致していたが、脚の毛がそれほど黒くなかった。それに対して、かれの妻の場合、脚が黒いのがまがいようのない目印になっていた。

にもかかわらず、テブリック氏は、不安のあまり、もしかすると、走っていてぬかるみにはまって足が汚れていたため、黒とは見えなかったのかもしれない、と考えた。

五月の第一週目のある朝、四時ごろ、テブリック氏が外に出て、小さな雑木林で待ち受けているとき、しばしのあいだ、とある切り株に腰を降ろした。ふと顔をあげると、向こうの耕された畑を越えて、一匹の狐がこちらへやって来るのが目にとまった。狐は、大きな野ウサギを背中にかついでいたので、ほぼ全身がその陰に隠れていた。ついに、二十ヤード足らずのところに来たとき、狐は、畑をつっきって、雑木林へはいって行こうとした。

そのとき、テブリック氏は、立ちあがって、大声で呼びかけた。

「シルヴィア、シルヴィア、きみかい？」

狐は、くわえていた野ウサギをポトリと落とし、立ち止まって、かれをじっと見た。そのとき、テブリック氏は、ひと目見て、これは妻ではない、ということがわかった。というのは、テブリック夫人は、とても鮮やかな赤毛なのに、この狐は、全身がもっと黒ずんで、もっとさえない毛並をしていた。

のみならず、図体もはるかに大きく、肩の位置がずっと高く、尻尾のさきが大きな白い毛におおわれている。しかし、すぐに、狐は、自分の外見をじっくり観察する余裕を相手にあたえずに、野ウサギを拾いあげると、矢のように逃げ去った。

そのとき、テブリック氏は、大声で自分に言ってきかせた。

「ついに、わたしは本当に気が触れてしまった！　悲嘆のあまり、これまで保ってきたなけなしの理性まで失ってしまった。狐を見れば、どの狐も妻だと考える始末だ！　隣人たちは、わたしのことを狂人呼ばわりするが、いまやそのとおりだとわかった。

ああ神さま、わたしをご覧ください！　なんと忌まわしい人間でしょう！　わたしは、隣人たちを憎んでいます。わたしは、身を焼く情念のために、痩せて、やつれてしまいました。理性は失われ、夢にすがって生きています。わたしを自分の本分に呼び戻してください。品位ある生活にお戻しください。妻と同じ禽獣にならせないで、人間に戻し、お赦しくださいまし、おお主よ！」

そのことばとともに、テブリック氏は、熱い涙を流して、ワッと泣き出した。そして、ひざまずいて、祈った——それは、もう何週間もしなかったことだった。

立ちあがると、めまいがして、ひどくからだが弱っていたが、罪を深く悔いて、トボトボと歩いて帰っていった。それから、念入りにからだを洗い、衣服を着替えた。しかし、衰弱がますます激しくなったので、その日はずっと横になって、「ヨブ記」を読んで、大いに慰められた。

その後の数日というもの、テブリック氏は、非常に落ちついた生活をした。なお衰弱がつづいていたが、毎日、聖書を読み、真剣に祈った。

その結果、かれの決意は非常に強固になって、できるものなら、自分の狂気、あるいは激しい恋情を断ち切ろう、ともかく、残る生涯をきわめて信心深く生きよう、と決心した。

おこないを改めたいというテブリック氏の願いは、非常に強かったので、聖書協会のために、福音を外国に広める仕事につき、こうして今後の生涯を送ることはできまいか、と考えた。

事実、テブリック氏は、聖堂参事会員であるシルヴィアのおじに手紙を書きはじめたのだ。そして、その手紙を書いているときに、狐のほえ声を聞いて、ギクリとした。

しかし、この新しい転向への志は、非常に強固だったので、テブリック氏は、以前のように、あわててすぐさま飛び出したりはしないで、じっとこらえて、手紙を書き終えた。

そのあとで、テブリック氏は、あれはただの野狐で、悪魔が自分をあざけるために送ってよこしたのだ、だから、もし、あの声に耳を傾けたりすれば、わたしは狂人になってしまう、と自分に言いきかせた。

しかし、その一方では、あれは妻だったかもしれない、だとすれば、悔い改めた放蕩息子を赦した父親のように、自分も彼女を暖かく迎えなくてはならない、という思いも否定することができなかった。

こうして、そういう二つの考えのどちらを採るべきかと迷ったが、どちらも、とことん信じることはできなかった。こうして、夜どおし、疑いと恐れに苛《さいな》まれた。

翌朝、不意にハッとして目をさましたが、その瞬間に、再び狐のほえ声がした。それを聞くと、テブリック氏は、急いで服を着て、庭の木戸のところへまっしぐらに飛んでいった。

陽はまだ高くなかった。あたり一面はしとどに露にぬれ、しばらくのあいだ、あたりはしいんと静まり返っていた。テブリック氏は、熱心にあたりを見まわしたけれど、狐の姿はなかった。しかし、早くも心は喜びにあふれていた。

それから、道の左右に視線を走らせているうちに、三十ヤードほど向こうの雑木林から、かれの雌狐が歩み出るのが見えた。テブリック氏は、すぐさま呼びかけた。

「わたしの最愛の妻！　ああ、シルヴィア！　帰ってきたんだね！」

その声が聞こえると、シルヴィアが尻尾を振るのが見えた。そこで、最後に残っていた疑いも晴れてしまった。

ところが、重ねて名を呼んだけれども、シルヴィアは、道々、肩越しに振り返りながら、もとの雑木林にはいっていった。それを見て、テブリック氏は、あとを追いかけたが、シルヴィアをおびえさせて、逃げられてはいけないと思って、ゆっくりと、急ぎすぎないように足を運んだ。

それから、もう一度あたりを見まわしながら、呼びかけると、相変わらずかれとの距離を保ったまま、木々のあいだを縫っていくシルヴィアの姿が見えた。そこで、あとを追いかけた。

こうして近づいていくと、シルヴィアはそれだけ足を速める。そうしながらも、数回、テブリック氏のほうを振り返って見た。

下生えを分けて雌狐のあとを追って、丘の斜面にさしかかったところで、シルヴィアは、不意に、ワラビの茂みの陰に姿を消した。そこへたどり着いたとき、彼女の姿はどこにも見えなかった。

しかし、あたりを見まわすと、狐の穴が見つかったが、とても巧みに隠されているので、ことさらにその場所を捜さないかぎり、千回そばを通ったところで、絶対に見つかりっこなかっただろう。

ところが、いまや、四つんばいになって穴のなかを覗いてみても、かれの雌狐の姿はまるで見えない。そこで、不思議に思いながら、しばらく待っていた。

やがて、穴の奥で何やら動いている音がした。そこで、黙って待ち受けていると、そのとき、何かが視野のなかにひょいと跳び込んできた。それは、子犬に似た、一匹の小さな、煤《すす》のように黒いけだものだった。

続いてもう一匹、またもう一匹、と出てきて、ついに合わせて五匹になった。最後に、小さな仔を押し出すようにしながら、かれの雌狐が姿を見せた。

テブリック氏が困惑と悲哀の入りまじった気もちで、声もなく雌狐の顔を見つめているとき、彼女の両眼は、誇りと幸せにキラキラと輝いているのを見た。

それから、雌狐は、子どもの一匹をくわえて、テブリック氏のところへ連れてきて、前に降ろした。それから、非常に興奮して(あるいは、そのように見えた)、テブリック氏を見あげた。

テブリック氏は、その子狐を両手に受けとり、背中を撫でて、頬ずりした。それは、おちびさんで、顔と前脚がすすけた色をして、キラキラした、鋼青色のうつろな目でじ

っと見つめており、小さな尻尾は人参《にんじん》のようだった。子狐は、地べたに下ろされると、母親のほうへすり寄って、とてもひょうきんな格好でちょこんとすわった。

テブリック氏は、妻のほうを見やって、でかしたね、と呼びかけた。とうにあきらめていたが、そのとき、本当にはじめて、妻の身の上に何が起こったのか、二人はいまやどれほど隔たってしまったか、をはっきりと理解したのだった。

けれども、次々に子狐たちに目を移したり、ひざの上に寝そべらせたりするうちに、テブリック氏は、自分のことを忘れ、ひたすらその可愛らしい情景をながめて、喜びをおぼえた。

ときどき、テブリック氏は、かれの雌狐を撫で、キスするのだった。そういう馴れなれしいふるまいも、彼女はちっともいやがらずに許した。

シルヴィアのこれまでにない美しさには、ただもう目を瞠《みは》るばかりだった。というのは、子狐たちをやさしく扱い、子狐たちに無上の喜びをおぼえている様子が、そのとき、彼女を以前よりも一段と愛らしくしているように思われたのだ。

こうして、テブリック氏は、狐穴の出入り口で、かれらのあいだに寝そべって、午前中を無為に過ごした。

テブリック氏は、子狐を順ぐりに仰向けに転がし、腹をくすぐって遊んだ。しかし、子狐たちは、まだあまりにも幼いので、これ以上活発な遊びはできなかった。テブリック氏は、ときおり、妻を撫でたり、顔をながめたりした。こうして、速やかに時が流れていった。

やがて、シルヴィアは、子狐たちを集め、追い立てるようにして穴のなかへ消えた。それからそばへ戻ってきて、一、二度、いかにも人間らしく、目顔で別れを告げた。

「さようなら。近々、またお会いしましょう。もう、ここへくる道も、わかったことですし」

シルヴィアは、自分の気もちをじつに見事に伝えたので、人間のことばを話せたとしても、口に出すのは余計なことだっただろう。そこで、彼女のやり方になれているテブリック氏は、すぐさま立ちあがって、家路をたどった。

ところが、一人になってみると、妻といるときは、気にすることもなく、無心な楽しみが終わるまでは、いわば、強いて心の片隅に追いやっていたもろもろの感情が——そういう感情がわんさと押し寄せてきて、あまたの責め道具でテブリック氏を苦しめた。

まず最初に、テブリック氏は、自分にたずねた——妻はわたしに不貞を働いたのでははないか。野獣に身を売ったのではないか。そういうことがあったのに、まだ、わたしは妻を愛することができるだろうか？

しかし、このことは、思ったほどひどくはテブリック氏を悩まさなかった。というのは、いまや、もはや彼女を女性とみなすのは公平ではない、ただ狐として扱うべきだ、と心ひそかに確信していたからである。

そして、狐としては、シルヴィアは、ほかの狐と同じことをしたにすぎない。事実、子どもをもうけ、愛情をもって世話をすることを、シルヴィアは立派にやってのけているのだ。

テブリック氏がこうした結論に達したことが、正しいか否かは、わたしたちがここで論じるべきことではない。いまはただ、この問題の宗教的側面に関するテブリック氏の見解は、寛容に過ぎると非難するひとびとに対し、こう言っておきたい。わたしたちは、この事件をテブリック氏の目で見たわけではない。かりに、この事件がわたしたちの目の前でくりひろげられたのであれば、おそらく、わたしたちも、テブリック氏と同じ結論に達したかもしれない、と。

けれども、これは、テブリック氏が抱えこんだ悩みの十分の一ですらない。というのは、かれはまた、「わたしは嫉妬しているのではないか？」とも自問したからである。そして、心のなかを覗いてみると、たしかに、かれは嫉妬していたし、また、いまや野生の狐どもと妻を共有しなくてはならないことで、腹も立っていた。

それから、このように嫉妬し、腹を立てるのは恥ずべきことではないか。彼女のことはすっかり忘れて、世を捨て、もはや彼女とは会わないことにするという、もともとの意向に従うべきではないか、とも自問した。

こうして、その日はずっと、悩み抜き、晩方までには、二度と再び妻とは会うまいと思い定めていた。

しかし、真夜中に目をさましてみると、頭がとても冴えざえとしていた。テブリック氏は、いぶかしがりながら、心のなかでつぶやいた。

「わたしは狂人ではないか。風変わりな考えで愚かにも自分を苦しめている。人間が、野獣のために名誉を汚されるなんてことがあるだろうか？　わたしは人間だ。動物よりも何十倍も、何百倍もすぐれているのだ。わたしの尊厳が、野獣に嫉妬することを許すだろうか？　断じてノーだ。

狐妻に欲情するとしたら、わたしは本当に罪人《つみびと》だ。わたしの雌狐に逢えば、わたしは幸せをおぼえる。彼女を愛しているからだ。彼女が、その生存の掟《おきて》に従って幸せを求めるのは、正しいことだ」

最後に、テブリック氏は、ことの本質と感じたところをおのれに言いきかせた。

「彼女といっしょにいるとき、わたしは幸せだ。だのに、いまわたしは単純なことをねじまげて、そのことに誤った推論を下して、自分を狂気に追いこんでいるのだ」

それでいて、再び眠りに落ちるまえに、テブリック氏は祈った。はじめは、導きを乞い求めるつもりが、実際は、あしたまた、かれの雌狐に会えますように、神の加護によって、彼女とまた子どもたちが、あらゆる危険から免れますように、さらには、度々かれらに会うことをお許しくださって、彼女のために、父親同様に子どもたちを愛するようになれますように、とひたすら祈った。

そして、もしも、このことが罪なら、どうかお赦しくださいますように、なぜなら、わたしは知らずに罪を犯したのでございますから、と祈った。

翌日も、そのまた翌日も、テブリック氏は、かれの雌狐と子どもたちと逢った。ただし、かれの訪問は、まえよりも切り詰められていた。そして、こうした訪問は、かれに非常に無邪気な喜びをあたえたので、まもなく、かれの名誉とか、義務とかといったものについての観念はすっかり忘れられ、かれの嫉妬心もあやされて眠ってしまった。

ある日のこと、テブリック氏は、試みに立体鏡とカードひと組を持参してみた。ところが、シルヴィアは、情愛深く、あいそよく、立体鏡を鼻づらの上に当てさせたけれども、立体鏡をのぞこうとはしないで、しきりに首をまわしてテブリック氏の手を舐めるばかりだった。もはや、シルヴィアがこの器具の使い方をすっかり忘れていることは、明らかだった。

トランプについても同じだった。というのは、シルヴィアは、カードを大変喜びはしたものの、ただ、噛みついたり、前脚であちこち弾きとばしたりするだけで、カードがダイヤか、クラブか、ハートか、スペードかは、まるで考えようとはしなかったし、エースかどうかにも全然興味を示さなかった。そこで、カードがどんなものかも忘れていることは、明白だった。

その後は、彼女がもっと喜ぶものだけを持っていった。たとえば、角砂糖、ブドウの房、レーズン、獣肉のたぐいである。

やがて、夏が深まるにつれて、子狐たちは、テブリック氏がよくわかるようになり、テブリック氏のほうも同様で、容易に子狐たちの見分けがつくようになった。そこで、名前をつけることにした。

そのために、テブリック氏は、水を入れた小鉢を持参し、洗礼の式でやるように、それぞれに水を振りかけてやり、自分がおまえたちの名親であると言ってきかせ、それぞれに名前をつけて、ソレル、キャスパー、セルウィン、エスター、アンジェリカと呼ぶことにした。

ソレルは、不格好で小柄なけだもので、陽気な、まったく子犬のような性格だった。

キャスパーは、五匹のなかで一番大柄で、気性が荒く、戯れているときでさえ嚙む癖があって、時が経つうちには名親を何度も鋭く嚙むようになった。

エスターは、黒ずんだ顔をしていて、正真正銘のブルーネットで、からだが非常にたくましかった。

アンジェリカは、燃えるような赤毛で、母親にいちばんよく似ていた。

一方、セルウィンは、いちばん小柄な子狐で、とても詮索好きな、好奇心の強い、抜け目のない気質で、きゃしゃで、小ぶりだった。

こうして、テブリック氏は、いまや大家族の世話をしなければならなくなった。そして、実際、父親の情愛と依怙《えこ》贔屓《ひいき》にも似た気もちで子狐たちを可愛がるようになった。

テブリック氏のお気に入りは、アンジェリカだった(可愛いしぐさが、いみじくも彼女の母親のことを思い出させた)。なぜなら、遊び戯れているときでさえ、ほかの子どもたちにはない優しさがうかがえたからだった。

アンジェリカに次いで、テブリック氏が愛情をそそいだのは、セルウィンで、やがて、ひと腹の仔のうちでもっとも頭がいいのがわかった。事実、ほかの子どもよりもあまりにも頭の回転が速いものだから、母親から人間の知力を受け継いだのではないか、と憶測するようになった。

そういうわけで、セルウィンは、早くから自分の名がわかるようになって、呼べば飛んできたばかりか、なお不思議なことに、ほかの兄弟姉妹が自分の名前をおぼえる以前に、かれらの名前をおぼえてしまった。

こういうこと以外にも、セルウィンには、どこか若い哲学者らしいところがあった。というのは、兄弟のキャスパーが横暴にふるまっても、平然と受け流したのだ。けれども、ほかの兄弟にいたずらをすることも遠慮しはしなかった。

ある日のこと、テブリック氏がそばにいるとき、セルウィンは、少し離れたところにある穴のなかに野ネズミがいるようなふりをした。たちまち、ソレルが寄ってきて、やがて、キャスパーとエスターもそれに加わった。

全員がせっせと穴を掘るようにしむけてから、セルウィンは、すかさず、すっと抜け出して、おちゃめな顔つきをして名親のところへやって来て、前にすわり、にやりと笑って、きょうだいのほうへあごをしゃくった。

それから、もう一度にやりと笑って、額にしわを寄せたので、テブリック氏は、そのちびが「ぼく、みんなをうまくかついだでしょう?」としゃべったかのように、はっきりと意味がわかった。

テブリック氏のことに好奇心を示したのは、セルウィンだけだった。かれは、テブリック氏に時計を出させ、耳をあてがって、当惑して額にしわを寄せた。次回の訪問のときも、同様だった。また時計を見ると言ってきかず、またもや時計の音で小首をかしげた。

しかし、いくら賢いからといっても、幼いセルウィンにはどうしても時計というものが理解できなかった。また、たとえかれの母親が少しでも時計のことを憶えていたとしても、そういう話題を子どもたちに説明しようとは決してしなかった。

ある日のこと、いつものように狐穴をあとにして、斜面を駆け下って街道に出ると、驚いたことに、一台の馬車が屋敷のまえに停まって、御者が門の近くを行きつ戻りつしていた。テブリック氏は、屋敷にはいって、訪問客がかれを待ち受けているのを発見した。妻のおじだった。

二人は、握手したが、聖堂参事会員のフォックス師は、すぐには相手がわからなかった。テブリック氏は、妻のおじを屋内に請じ入れた。

牧師は、あたりをじっくり見まわして、汚れた、取り散らかされた部屋部屋をながめた。テブリック氏が応接間に案内したとき、そこはもう何か月も使われていなかったことが歴然としていた。家具という家具は、ほこりで厚くおおわれていた。

しばらく、あたりさわりのない話題について談話を交わしたあとで、参事会員のフォックス師が言った。

「じつは、姪のことを聞きに来たのだがね」

テブリック氏は、しばらく返事をしなかったが、やがて、こう言った。

「あれは、いま大変幸福にしています」

「ほう――なるほどね。聞くところによると、もういっしょに暮らしてはいないそうだね」

「ええ。いっしょに暮らしてはいません。でも、遠くにいるわけではありません。いまでは、毎日のように逢っています」

「なるほど。で、どこに住んでいるのかね？」

「子どもたちと森で暮らしています。ぜひお話しなければなりませんが、彼女は姿を変えました、いまは狐です」

参事会員のフォックス師は、立ちあがった。かれは肝をつぶしていた。テブリック氏が言ったことは、ライランズではきっとこうだろうと予期していたことを、いちいち裏書きした。けれども、外に出たとき、テブリック氏にたずねた。

「近ごろは、あまり客人はないんだね、え？」

「ええ——なるべくひとと会わないようにしています。もう何か月というもの、口をきいたのは、あなたがはじめてです」

「そうだとも、きみ。よくわかるよ——こういう事情だからね」

それから、聖職者は、テブリック氏と握手し、馬車に乗って、走り去った。

「少なくとも」

と、フォックス師は、自分に言いきかせた。

「スキャンダルにはなるまいて」

聖職者は、また、テブリック氏が外国へ行って福音を伝道する件については、ひとことも触れなかったので、ほっとしていた。フォックス参事会員は、その手紙に驚きあわてて、これまで返事をしていなかった。いつだって物事は成り行きにまかせて、不愉快なことには決して触れないほうがよい、と考えていたのだ。

もしも、テブリック氏が気が触れているとしたら、聖書協会に推薦するようなことは、全然したくなかった。ストーコウなら、テブリック氏の奇行もひとに気づかれることは絶対あるまい。のみならず、テブリック氏は、自分は幸せだと言ったではないか。

フォックス師は、テブリック氏のことも気の毒に思った。あの変わり者の姪が、テブリック氏と結婚したのは、彼女が出逢ったはじめての男だったからにちがいない、と自分に言いきかせた。

フォックス師は、また、このさき、二度と姪に逢うこともないだろう、と考えた。だいぶ馬車が進んだとき、「情愛の深い性質とは言えんな」と声に出して言った。それから、

「いや、何でもない。どんどんやってくれ、ホプキンズ」

と、かれの御者に言った。

テブリック氏は、一人きりになったとき、自分の孤独な生活をしみじみありがたいと思った。かれは、幸福の何たるかがやっとわかった、いや、わかったように思った。自分はいまや無上の幸福を見いだしたのだ、将来のことを思いわずらわず、その日その日を過ごし、朝ごとに、自分が心から愛している、やんちゃな、情の深い子狐たちにとりまかれて、かたわらには子狐たちの母親がいるのだ。そして、彼女の単純な幸福こそ、自分の幸福の源泉なのだ。

「真の幸福は」

と、テブリック氏は、心のなかでつぶやいた。

「愛をあたえることにあるのだ。わが子を愛する母親の幸福にまさるものはない。もしあるとすれば、それは、わたしの、雌狐とその子どもたちを愛することで得られる幸福なのだ」

そういう思いをいだいて、あした、かれらのところへ急いでいく時刻をじりじりしながら待ちわびた。

ところが、ワラビの茂みを踏みしだかないように、また、道を踏みならして、その秘密の場所へひとを導くことがないように、用心に用心を重ねながら、えっちらおっちら丘の穴へたどり着いてみると、びっくりしたことに、シルヴィアはそこにいないし、子狐たちの姿もないのを発見した。

かれらに呼びかけたが、むだだった。そこで、とうとう、テブリック氏は、穴のそばの、こけむした急斜面に寝そべって、待った。

ずいぶん長いあいだ(かれにはそう思えた)、テブリック氏は、じっと横になったまま、目を閉じて、かすかな葉ずれの音も、子狐が穴のなかでゴソゴソしているのかもしれない物音も、聞き逃すまいと耳を澄ましていた。

とうとう、眠りに落ちたものにちがいない。というのは、突然、どの感覚も冴えざえとして目ざめて、目をあけてみると、つい六フィート足らずのところに、成熟した大きな狐が、犬のようにしゃがんで、もの珍しそうにテブリック氏の顔を見守っていた。かれには、それが妻のシルヴィアでないことがすぐにわかった。

テブリック氏が身動きすると、狐も立ちあがって、目をそらせたが、やはり、その位置に踏みとどまっている。そのとき、テブリック氏は、それはいつぞや野ウサギをくわえているのを見かけた、あの雄狐だということを認めた。

尻尾の先がふさふさとした白い毛でおおわれ、黒ずんだからだをした同じけだものだ。これで、秘密が明らかになった。かれは、いままさに、かれの恋敵《こいがたき》と対面しているのだ。ここにいるのは、子どもたちが自分をまねて、再び野生の、放蕩な生活を送るものと確信している、かれの名づけ子たちの実の父親なのだ。

テブリック氏は、長いこと、そのハンサムなならず者を、目を皿のようにして見つめていた。狐のほうも、不信と警戒の色をありありと顔に浮かべて、テブリック氏を見返したが、同時に、挑戦的な態度がないでもなかった。また、狐の顔つきには、ちょっぴり皮肉とおかしみの色があるようにも思われた。その顔つきは、まるでこう言っているかのようだった。

「いやはや！　われわれ二人がここで出くわすとは、不思議なご縁ですね！」

そして、少なくともテブリック氏にとっては、二人がこのようにつながっていることは不思議に思われた。そして、ここにいる自分の恋敵が、雌狐と子狐たちに寄せている愛情は、自分のと同じたぐいのものだろうか、と考えた。

（二人とも、妻子のためなら命をも投げ出すだろう）とテブリック氏は、そのことについて推論しながら、心のなかで言った。

（わたしたちはどちらも、おもに妻と子どもたちといっしょにいることが幸せなのだ。あのような妻と自分に似ている子どもたちに恵まれて、こやつは、さぞかし鼻が高いにちがいない。

そして、鼻を高くするだけの理由があるではないか？　こやつは、無数の危険にとりかこまれている世界に住んでいるのだ。

一年の半分は狩りの獲物として追われ、どこへ行っても犬どもに追い立てられ、人間には罠を仕掛けられ、目のかたきにされる。かれは何ものにもおかげをこうむっていないのだ）

しかし、ことばは、狐を警戒させるだけだとわかっているので、テブリック氏は、ひとことも口はきかなかった。それから、二、三分たつと、雄狐は、肩越しに振り返って、風に舞うクモの糸のように軽やかに、速足で駆け去ったが、一、二分もすると、かれの雌狐を伴い、子どもたちにとりまかれて戻ってきた。

その雄狐が、雌狐と子狐にとりかこまれているのを見るのは、テブリック氏には耐えられなかった。あれほど達観したはずなのに、嫉妬の痛みが全身を貫いた。

シルヴィアは、子狐たちを連れて、狩りに出ていたことがわかった。また、この日の朝、かれが来ることをすっかり忘れていたこともわかった。というのは、かれを見たとき、彼女は、ギクッとしたからである。そして、気のなさそうに、テブリック氏の手を舐めはしたものの、心がここにないことは明らかだった。

まもなく、彼女は、さきに立って子狐たちを穴にみちびき、雄狐もすでに姿を消していた。そして、テブリック氏は、また一人になってしまった。かれは、それ以上待たないで、家に帰った。

いまや、かれの心の安らぎは、すっかりなくなってしまった。前夜、味わい方をよく知っているとうぬぼれていた幸福も、いまでは、これまでそこで生きてきた愚者の楽園にすぎないように思われた。

もう百回も、この哀れな紳士は、唇をかみ、いらいらと眉をしかめ、地団駄を踏んで、おのれを激しくののしったり、妻のことを尻軽女め、と呼んだりした。

また、これまで、あのいまいましい雄狐のことなど思いも及ばず、終始、子狐たちがまわりで跳ねまわるままにさせておいたなんて、自分自身を許すこともできなかった。その一匹、一匹が、あの雄狐が妻をもてあそんだことの証《あかし》ではないか。

そうだ、いまや嫉妬が鎌首をもたげようとしていた。前の晩、自分の幸福の理由となっていた事情が、いまやことごとく形を変えて、かれの悪夢の恐ろしい相貌を帯びてきた。

こういうすべてのことで興奮してきた結果、テブリック氏は、理性を失ってしまった。善が悪となり、悪が善となった。そして、あしたは、いまわしいひと腹の狐どもを、土を掘ってひきずり出し、撃ち殺して、ついに、この地獄のような呪いから自身を解き放とう、と肚を決めた。

その夜じゅう、テブリック氏は、こんな気分のまま、苦悶していた、まるで歯冠を嚙み破って、裸の神経を嚙んだかのようだった。

しかし、何事にもいつかは終わりがあるように、とうとう、かれは、このいとわしい嫉妬の激情にくたくたに疲れはてて、不安な、苦悩に満ちた眠りに落ちた。

一、二時間後、はじめテブリック氏を襲った、混乱した、支離滅裂な心象《イメージ》の行列が通り過ぎ、潮が引くように静まって、はっきりした、力強い、ひとつの夢となった。もとの姿に戻った妻がそばにいて、変身まえのあの運命の日と同じように、かれと連れだって散歩していた。

しかし、彼女は、やはり変わっていた。顔には不幸の色がありありとあらわれているのだ。目を泣き腫らし、蒼ざめた顔を伏せ、髪は乱れて垂れ下がり、涙に濡れた両手でハンカチをボールのように握りしぼりながら、嗚咽《おえつ》に全身が震えている。しかも、長いこと身なりにかまわなかった様子がある。

泣きじゃくりながら、彼女は何か自分の犯した罪を告白していたが、テブリック氏には、そのとぎれとぎれのことばは聞きとれなかったし、また、聞きたくもなかった。悲しみで頭の働きがにぶっていたのだ。

そこで、二人は、いわば永遠に悲しみながら、並んで歩きつづけた。テブリック氏は、妻の腰に手をまわし、彼女は、夫の顔を見あげては、幾度となく嘆きのあまり足もとに目を落とした。

ついに二人は、腰を下ろした。そして、テブリック氏は口を開いて、言った。

「かれらがわたしの子どもでないことは知っている。しかし、だからといって、決して邪険に扱うようなまねはしないよ。きみは、いまもわたしの妻だ。子どもたちを放っておくなんてことは絶対しやしない、と約束するよ。学費はわたしが負担するから」

それから、テブリック氏は、学校の名前をいろいろと思いめぐらしはじめた。イートンはだめだ、ハローも、ウィンチェスターも、ラグビーもだめだ……しかし、テブリック氏は、これらの名門校がどうして彼女のあの子どもたちに向かないのか、わからなかった。ただ、自分が思いついたどの学校も無理だ、ということだけがわかっていた。しかし、きっと、どこかひとつくらいは見つかるはずだった。

そこで、愛する妻の手を取ったまま、長いあいだ、あちこちの学校の名前を思いめぐらしていた。とうとう、妻はおしまいに、なおも涙を流しながら、立ちあがって、歩み去った。それから、テブリック氏は、ゆっくりと目を覚ました。

しかし、目をあけて、あたりを見まわしながらも、テブリック氏は、学校のことを考えていた。子どもたちは、ぜひとも私立学校へ行かせなければならない、最悪の場合でも、家庭教師は雇わなければならない、と自分に言いきかせた。

「うん、そうだ」

と、ベッドから片脚をおろしながら、テブリック氏はひとりごちた。

「そうだ、それしかない、家庭教師だ。もっとも、それだって、はじめのうちは何かと面倒はあるだろうが」

そう言ったとたん、テブリック氏は、はたしてどんな面倒があるのだろうか、といぶかしく思った。そして、あの子どもたちが普通の子どもではないことを思い出した。そうだ、かれらは狐なのだ――ただの狐でしかないのだ。

哀れなテブリック氏は、このことを思い出したとき、この事実に茫然自失し、長いこと、何を理解することもできなかった。しかし、ついに、子どもたちと自分自身のことを哀れんで、ワッと泣き出して、とめどもなく涙を流した。

この事実自体、すなわち、愛する妻の子どもが人間ではなくて、狐だなんてという事実のおぞましさに、テブリック氏の胸は、ふつふつと湧いてきた、かれらと自分自身への憐れみの念でいっぱいになった。

そして、ついに、子どもたちが狐であることの原因、すなわち、かれの妻もまた狐であるという現実に思いいたったとき、改めて涙がどっとあふれて、そのことにもはや耐えきれなくなって、苦悩のあまり大声で叫びはじめ、一、二回、壁に頭を打ちつけた。それから、またベッドに身を投げ出して、ときどきシーツを歯でずたずたに嚙み裂きながら、泣きに泣いた。

夕方までは狐穴を訪ねる予定もないので、昼間のあいだはずっと、テブリック氏は、哀れな雌狐と、その子どもたちへの真の憐憫《れんびん》の情で心をかき乱されながら、悲しげに動きまわっていた。

とうとう、その時刻になると、テブリック氏は、再び斜面をのぼって、巣穴のところへ行った。

ところが、巣穴にはだれもいなかった。が、テブリック氏の声を聞いて、ひょいとエスターが出てきた。けれども、ほかの子どもたちの名前を、それぞれ呼んでも、何の反応もない。そして、エスターがかれを迎えたときのそぶりから、どうやら本当にひとりぼっちであるように思われた。

エスターは、テブリック氏を見るなり、大喜びして、腕のなかによじのぼり、そこから、肩に這いあがって、顔を舐めた。そんなことをするのは、エスターにしては珍しかった(もっとも、きょうだいのアンジェリカの場合は、きわめて自然なことだった)。

テブリック氏は、巣穴からやや離れたところにすわりこんで、エスターを撫でてやりながら、母親へ土産に持ってきた魚を食べさせた。その魚をエスターがガツガツ食べたので、一日じゅう、腹を空かして、おそらくしばらくまえから、ひとりぼっちだったのだ、と判断した。

テブリック氏がそこにすわっているときに、とうとう、エスターがピクリと耳を立てて、立ちあがった。まもなく、かれの雌狐がこちらにやってくるのが見えた。

彼女は、テブリック氏に非常に愛情のこもったあいさつをしたが、明らかに、あまり暇がないらしく、すぐまたエスターを連れて、もと来たほうへ引き返していった。

ものの五ヤードも行ったところで、子狐はしりごみをして、絶えず立ち止まって、穴のほうを振り返った。そして、とうとう、くるりと向きを変えて、駆け戻ってきた。

しかし、母親はその手には乗らず、すかさず追いつき、子狐の首筋をしっかりとくわえて、強引に引きずりはじめた。

テブリック氏は、そのとき、事情を察して、シルヴィアに話しかけて、さきに立って案内してくれるなら、エスターは自分が抱いて従《つ》いていくから、と言った。そこで、しばらくすると、シルヴィアも、子狐をかれに渡した。それから、一行は、奇妙な道中へくり出した。

シルヴィアは、少しまえを走りつづけ、テブリック氏は、

エスターを抱いてあとをつけた。エスターは、しきりにクーン、クーン鳴きながら、自由になろうとしてもがき、一度などかれの手に嚙みついた。

こんなことは、いまやテブリック氏にとっては珍しいことではなかったので、その対処法は心得ていた。それは、ほかの子狐の場合もほぼ同様で、かれらが手に負えなくなるほど暴れたときには、こっちもお灸をすえてやるのである。

テブリック氏は、エスターをゆさぶって、ピシッと平手打ちをくわした。そのあとは、エスターは、すねながらも、嚙むのはやめてしまった。

こうして一行は、一マイル以上も歩いていった。かれの屋敷を迂回し、街道を横切って、やがて、荒れ地に隣接した、小さな隠れ場にたどり着いた。

このころまでには、日はとっぷり暮れて、テブリック氏は、足もとに注意しながら進むのがやっとのことだった。というのは、かれの雌狐は、何とか自分が通れるくらいの狭い道をとったので、テブリック氏があとについて行くのは、必ずしも容易ではなかったからだ。

しかし、ついに一行は、新しい隠れ穴に到着した。テブリック氏には、ほかの子狐たちが暗がりのなかで跳ねまわっているのが、やっと星明りで見分けられた。

いまやテブリック氏は、綿のように疲れていたが、幸せだった。そして、うれしさのあまり、小声で笑った。やがて、かれの雌狐がそばに来て、地べたにへたり込んでいるテブリック氏の肩に前脚をかけて、顔を舐めた。テブリック氏は、相手の鼻づらにキスを返し、両腕に抱きしめ、上着にくるんで、それから、あまりのうれしさに笑ったり、泣いたりした。

前夜の嫉妬は、いまはきれいに忘れていた。朝方の絶望と悲しみ、見た夢の恐怖も、消えていた。かれらが狐だとしたら、どうだと言うのか？　かれらといっしょにいれば、幸福になれることを、テブリック氏は知った。

暖かい夜だったので、テブリック氏は、ひと晩じゅう、露天に横たわっていた。はじめのうち、暗がりのなかで子どもたちと隠れん坊をして遊んだが、やがて、かれの雌狐がいなくなって寂しくなるし、子狐は、騒々しく手に負えなくなったので、横になって、ほどなく眠りに落ちた。

夜が明けてまもなく、子狐の一匹がじゃれて靴ひもをグイグイ引っ張るので、テブリック氏は、目をさました。起き直ると、二匹の子狐が近くで棹立《さおだ》ちになって取っ組みあい、ほかの二匹は、木の幹のまわりで隠れん坊をしている。

やがて、アンジェリカは、靴ひもを放して、テブリック氏の両腕のなかに跳び込んできて、顔を舐めて「おはよう」のあいさつをした。それから、熱烈に抱擁されたあとで、ちょっぴり羞《はず》かしそうに、テブリック氏のチョッキのすそをくわえて振りまわした。

その目覚めの瞬間は、じつに心地よいものだった。朝のすがすがしさ、一日の再生時のあらゆるものの匂い、近くの梢に射しそめる太陽の光線、にわかに空に飛び立つ一羽の山バト、何もかもがテブリック氏を喜ばせた。抱いている子狐のきつい体臭さえ、かれには快いように思われた。

その瞬間、かれには人間社会のあらゆる慣習や制度がじつに愚かしいものにしか思えなかった。というのは、かれはこう言ったのである。

「わたしは、人間としてのわたしの全生涯を、いまのわたしの幸せと交換したっていい。だのに、いまでさえ、わたしは人間としての愚《ぐ》にもつかない考えを、ほとんど全部捨てずにいる。禽獣のほうが幸せなのだ。その幸せに値するべく、精いっぱい努力しよう」

テブリック氏は、一匹の子狐が、そうっともう一匹の背後に忍びよっては、パッと跳び出して、相手をびっくりさせたりしながら、嬉々として遊び戯れる様子をしばらくながめやっていたが、やがてテブリック氏の頭のなかにひとつの考えが浮かんできた。

それは、これらの子狐たちは純真無垢だ。雪のように汚《けが》れがない。かれらは、罪を犯すことができない。なぜなら、神が、そのように創ったのだ、かれらは神の戒律をひとつとして破ることができない。さらに、かれは、人間が罪を犯すのは、禽獣のようになれないからだ、と考えた。

まもなく、テブリック氏は、幸せな思いでいっぱいになって立ちあがり、屋敷へむかって歩きはじめたが、突然、ばったりと足を止めて、自問した――「このさき、かれらはどうなるのだろうか？」

この疑問は、まるで目のまえでヘビを見たかのように、テブリック氏を、冷たい、恐ろしい恐怖で、大地に根が生えたように動けなくしてしまった。

ようやく、テブリック氏は、頭を振って、道を急いだ。そうだ、本当に、わたしの雌狐と子どもたちは、このさき、どうなるのだろうか？

この考えは、テブリック氏を居ても立ってもいられないような不安におとしいれ、そのことは努めて考えまいとしたが、それでも、その考えはその日一日じゅう、さらに、その後何週間も心の片隅に引っかかっていた。

その結果、以前のように自分の幸福に無頓着ではいられなくなって、いわば、絶えず努力して自分の考えからのがれようとする体たらくになってしまった。

また、このためにテブリック氏は、工面できるすべての時間を、愛するシルヴィアとともに過ごしたい、と思うようになった。

そこで、まえよりももっと昼間の時間を割いてかれらのところへ行くようになったし、また、あの夜と同じように、森で夜を明かすことになった。数週間をこうして過ごして、わが家に帰るのは、ときたま、新たに食料を用意するためだけになってしまった。

ところが、新しい隠れ場に移ってから一週間か十日ほど経ったころ、かれの雌狐も子狐たちも、新たに放浪の習性を身につけた。もうだいぶまえから、かれの雌狐が一日の大部分、ひとりで外に出ていたことを、かれは知っていた。

そして、いまや、子狐たちも全員、同じ行動をとりたがった。要するに、巣穴は役割を終えて、いまでは、かれらにとって居ごこちのよい場所ではなくなったのだ。よほど恐怖に襲われた場合のほかは、かれらは、巣穴にはいろうとはしなかった。

狐たちのこの新しい生活様式は、テブリック氏の悲嘆をいっそう深くした。なぜなら、ときには、狐たちは、ぶっつづけに数時間、いや、まる一日も戻らないことがあったし、また、かれらがどこにいるのかわからないために、寂しくもあり、心配でもあったからだ。

とはいえ、かれのシルヴィアのほうでも、テブリック氏のことも思いやり、しばしばアンジェリカなり、どれかほかの子どもなりを迎えによこして、かれらの新しい隠れ場へ案内させたり、暇ができれば自分から迎えにきたりもした。

なにしろ、子狐たちは、いまはもうすっかりテブリック氏がいるのに慣れて、かれのことを当然の仲間とみなすようになっていたのだ。そして、テブリック氏は、野ウサギをこわがらせて逃がしてしまうなどして、いろいろと迷惑をかけることもあったが、それでも、しばらく別れていたあとで会えば、子狐たちはいつも大喜びするのだった。

こうした子狐たちの友好的な態度が、当時、テブリック氏の幸福の大半の源泉であったと見てさしつかえない。事実、かれはいまや、狐たちのためにのみ生きており、妻への愛は、知らず識らずのうちに、彼女の子どもにまで及んでいたのだ。

子狐たちは、いままでは、かれの毎日の遊び相手だったから、まるで自分の血を分けた子どもでもあるかのように、よくわかっていた。事実、セルウィンとアンジェリカといっしょにいると、楽しかったし、二匹のほうも、そのときがいちばん楽しかったのだ。

テブリック氏のふるまいも堅苦しくなかったし、このころでは、狐たちがテブリック氏からたくさんのことを学んだと同様に、かれも狐たちから多くのことを学んでいた。実際、これ以上に珍しい関係はほかになかったし、双方がたがいに及ぼす影響で、これ以上不思議な例はほかになかった。

テブリック氏は、いまや、どこへでも狐たちに従《つ》いていけたし、しかも、遅れることもなかった。そして、シカのように足音をしのばせて森を分けて進むまでになった。かりに農夫がそばを通ったとしても、身を隠すすべを覚えたので、めったに人目につくことはなかったし、狐たちといっしょにいるところを見られたことは、ただの一度しかなかった。

けれども、何よりも不思議なことは、テブリック氏が、からだを二つに折って、しばしば、ほとんど四つんばいになり、ときおりは地べたに両手をついて動きまわる癖がついたことだった。とりわけ、上り坂では両手をついて駆けあがるのだった。

テブリック氏は、ときには狐たちとともに狩りをすることもあった。おもに、野ウサギのそばへ忍びよって、子狐たちが待ち伏せしているところへ、ウサギをおどして追いこむ。すると、ウサ公は、まっすぐに子狐たちの口のなかに飛び込む、という寸法だった。

ほかにも、いろいろな点でテブリック氏はかれらの役に立った。たとえば、木に登って山バトの巣から子狐たちの大好物の卵を盗んだり、ときには、とげを飲み込まないように、ハリネズミを退治してやったりした。

けれども、テブリック氏の側でこのように行動様式を変えた一方、子狐たちのほうも後れをとらないで、かの「狐物語」の主人公のルナール君の教養には普通欠けている人間の知恵を、どっさりテブリック氏から授《さず》かったのだった。

ある日の夕方、かれは、並べた巣箱でミツバチを飼っている田舎家の住人を訪ねて、ちょうどその男がミツバチをいぶして殺したばかりの巣箱をひとつ買いもとめた。

狐たちにハチミツをご馳走しようと思って、これをかれらのところへ運んでいった。かれらが野バチの巣を掘り返すところをこれまでに何度も見ていたからだった。

ハチミツの一杯つまった巣箱は、たしかに、狐たちにはすばらしいご馳走だった。かれらは、むさぼるように、香りのきつい巣板にかぶりついた。ねばねばした甘い洪水のなかにあごを埋め、抑制もなくたらふく食った。ひとかけらも残さずバリバリ平らげると、こんどは、わらの巣箱をバラバラに破り裂いてしまった。それから何時間も、幸福

そうに、からだを舐めてきれいにする仕事にかかっていた。

その夜、テブリック氏は、狐たちの隠れ場のそばで眠ったが、狐たちは、かれを一人にして、狩りに出てしまった。夜が明けて、目を覚ましてみると、寒さで全身が無感覚になり、空腹でめまいがした。白い霧があたり一面にたちこめ、森は秋のにおいがした。

テブリック氏は、立ちあがって、しびれた手足をのばし、それから、家路をたどった。夏は終わっていた。テブリック氏は、いまはじめてこのことに気づいて、愕然とした。

子狐たちは、すくすくと育って、いまはどこから見てもりっぱな狐だな、とかれは、しみじみ思った。とはいえ、子狐たちが煤《すす》けた顔をし、青い目をしていたころのことを思い出すと、それがつい昨日のことのように思われるのだった。

思いはそこから未来へと移っていき、テブリック氏は、以前にも一度考えたことがあったように、かれの狐妻と子どもたちは、これからさき、どうなるのだろうか、と自分に問うた。

冬にならないうちに、親子を安全な屋敷の庭に誘い入れて、かれらを脅かすあらゆる危険に備えて、庭の防備を固めなくてはならない。

しかし、そのように決意して不安を静めはしたものの、その日はずっと、心が落ちつかなかった。

その日の午後、狐たちを訪ねると、そこには妻のシルヴィアがいるだけだった。彼女もまた、ひどく心配していることは明らかだったが、かわいそうに、彼女は何も伝えることができず、ただ、テブリック氏の手や顔を舐めるばかりで、何か物音がするたびに耳をそばだてて、あたりを見まわすのだった。

「子どもたちはどこにいるの、シルヴィア？」と、四、五回たずねたが、彼女は、テブリック氏の質問をきらって、とうとう、かれの腕に飛び込み、胸にぴったりとからだをこすりつけて、やさしくかれにキスした。

それで、立ち去るとき、妻がいまもかれを愛していることがわかったので、心はまえよりも軽くなっていた。

その夜、テブリック氏は、家で眠ったが、朝早く、馬が速足で駆けていく音で目を覚ました。窓ぎわに駆けよって、外をのぞくと、一人の農夫がひどくしゃれた服を身にまとって、馬に乗っていくのが見えた。こんなに早くから狐狩りをはじめるのだろうか、と怪しんだが、やがて、いまから狐狩りがはじまるなんてことがあるものか、と安心した。

朝の十一時までは、何の物音も聞こえなかったが、突然、狐のにおいを嗅ぎつけた猟犬がやかましく吠えたてる声がわき起こった。それも、そう遠くではない。

これを聞くと、テブリック氏は、うろたえて屋敷から飛び出して、庭のあちこちの門を開けはなった。しかし、門柱には鉄の格子と針金が渡してあったので、ハンターたちがあとを追ってくることはできなかった。

あたりはまた、ひっそりと静まりかえった。どうやら、猟犬たちは方向を変えたと見え、ほかには狩りの音は聞こえなかった。テブリック氏は、いまや、不安のあまり、わが身をどうすることもできないひとのようだった。外へ出ていく勇気もないし、かといって、家にじっと籠《こも》っていることもできなかった。

テブリック氏にできることは、何もなかった。けれども、テブリック氏は、それを認めようとしなかった。そこで、シルヴィア(または、その子狐たち)が、どちら側から逃げて来ても邸内にはいれるように、生け垣のあちこちに穴をあける仕事に没頭した。

ようやく、テブリック氏は、むりに自分を駆りたてて屋内にはいって、腰を下ろし、少し紅茶を飲んだ。そこにいるときに、再び猟犬のほえ声が聞こえたような気がした。それは、猟犬のほえ声の非常にかすかで、ほとんど聞きとれないほどの反響でしかなかったけれど、屋敷から走り出たときには、ほえ声はすでに裏手の雑木林に迫っていた。気の毒なテブリック氏がとんでもない誤りを犯したのは、まさに、このときだった。というのは、門のすぐ外で猟犬がほえる声を聞いて、かれらを出迎えるように門へ走ってしまったのだが、本来ならば、家に駆けもどるべきだったのだ。テブリック氏が門のところに着いたとたんに、かれにむかって走ってくる妻のシルヴィアが目にはいった。

しかし、シルヴィアは、走ったためにひどく疲れており、すぐあとを猟犬どもが追いすがっている。その光景の恐ろしさは、テブリック氏の心にグサリと突き刺さった。というのは、その後ずっと、この折りの猟犬たちの幻に憑《つ》きまとわれたのだ――かれらの真剣さ、シルヴィアに追いすがろうとする死に物狂いの努力、シルヴィアをとらえたいという盲目的な欲望、それらが生きているあいだじゅう、おりふしテブリック氏を襲って、かれを怯《おび》えさせたのだった。

このときも、すでに手遅れだったかもしれないが、とにかく駆けもどるべきだったのに、テブリック氏は、そうはしないで、声をかぎりに妻に呼びかけたのだ。

すると、シルヴィアは、開けはなった門をまっしぐらに駆け抜けて、夫のところへやって来た。続いて起こったことは、あっと言うまに終わったが、それは多くのひとびとの目撃するところとなった。

テブリック氏の庭のそちら側は、高さ六フィートほどの塀が、曲線を描いて境界となっていた。そこで、馬上のハンターたちは、この塀越しに庭のなかを覗くことができた。そのうちの一人は、首の骨を折る危険を冒して、大胆不敵にも馬に鞭打って、塀を跳び越えた。ハンターは、無事に跳び越えることはできたが、遅すぎてあまり役に立たなかった。

かれの雌狐は、すぐさまテブリック氏の腕のなかに飛び込んでいたのだが、テブリック氏が向きを変えるいとまもないうちに、猟犬どもが襲いかかって、二人を引き倒した。その瞬間、絶望の悲鳴が、駆けつけた狩猟隊全員の耳にとどいた。かれらは、あとから、その声は男性の声というよりも、女性の声に似ていた、と断言した。とはいえ、それが果たしてテブリック氏だったのか、それとも、突然声をとりもどしたかれの妻だったのか、はっきりした証拠はひとつもなかった。

塀を跳び越えたハンターが、二人のところへ駆け寄って、鞭をふるって猟犬どもを追い散らしたときには、テブリック氏は、ひどい裂傷を負って、二十箇所もの傷口から血を流していた。かれの雌狐はと言えば、彼女はこときれていた。もっとも、テブリック氏は、両腕にしっかりと彼女の亡骸《なきがら》を抱きしめていたのだが――。

テブリック氏は、すぐさま家のなかへ運びこまれ、医者が呼ばれた。しかし、隣人たちが、かれを狂人だとうわさしたのは正しかったことについては、いまや一点の疑いもなかった。

長いあいだ、テブリック氏の生命は絶望視されていたが、ついには持ち直して、おしまいには理性をとりもどして、高齢まで長生きした。それを言うなら、テブリック氏は、現在も生きている。

解　説

デイヴィッド・ガーネット(一八九二—一九八一)は、イギリスの作家・批評家・出版業者で、哲学者バートランド・ラッセル、小説家ヴァージニア・ウルフ、E・M・フォースター、伝記作家リットン・ストレイチー、この小説を献呈された画家ダンカン・グラントなど、自由主義的な文学者・知識人の集団である「ブルームズベリー・グループ」の有力なメンバーであった。

父のリチャードは、大英博物館の図書部長で文学者、母コンスタンスは、ドストエフスキー、チェーホフなどロシア文学の名翻訳者であった。

デイヴィッドは、「生涯決して筆をとるな。出版業その他の書物にかかわる仕事に手を出すな」という父の戒めに従って、王立科学院で五年間植物学を専攻していたが、第一次世界大戦の勃発とともに、研究室の仕事は続けられなくなり、良心的兵役拒否者として、戦災者救済活動に加わった。

その後、デイヴィッド・ガーネットは、父の禁を破って、大英博物館の近くで本屋をはじめ、また、ブックデザイナーのフランシス・メネルとともに、稀書豪華版の出版社として有名なナンサッチプレスを設立した。

一九二二年、処女作『狐になった奥様』を出版し、毎年度の最優秀作にあたえられるホーソンデン賞を受賞した。これは、雑木林を散歩中に不意に一匹の狐に変身した若い妻を愛し抜こうとする男の物語である。

続いて、一九二四年に、恋人と口論して、売りことばに買いことばで、自ら進んで動物園の檻のなかにはいり、ヒトの見本として類人猿と並んで見せ物になる男の話『動物園にはいった男』が出た。

一九二五年の『水夫の帰還』は、アフリカの黒人の王女を連れて帰った水夫と村人との葛藤を描いている。

これらの作品を発表して、デイヴィッド・ガーネットは、第一次世界大戦後のイギリス文壇に特異な地位を占めるにいたった。

ガーネットのその他の作品には、地方少女の解放を扱った『彼女は行かねばならぬ』(一九二七年)、サセックスの海岸の沖合の、とある小島で知り合いになったイギリス人の二家族を描写した『愛なき人びと』(一九二九年)、不時着したモンゴルの平原で、バッタの大群が襲来したおかげで餓死を免れるパイロットの話『バッタの襲来』(一九三一年)、飛行機練習の日記『空を飛ぶ臆病者』(一九三一年)、植民地建設にまつわる神話として、その名が不滅のものとなったインディアンの女性の伝記『ポカホンタス』(一九三三年)、半自伝的な『光る目』(一九三五年)、三世代五人の男女の恋模様を描いた『愛の諸相』(一九五五年。これは、「キャッツ」、「オペラ座の怪人」などの作曲で知られるアンドルー・ロイド＝ウェッバーによってミュージカル化され、日本では「アスペクト・オブ・ラブ」の名で劇団四季によって上演された)などがある。

さらに、三巻の自伝(『黄金の木霊《こだま》』(一九五三年)、『森の花々』(一九五五)、『親しい人びと』(一九六二年))があるほか、T・E・ロレンスの書簡集、ピーコックの小説の編纂もしている。

さて、『狐になった奥様』の主人公テブリック氏は、狐になった妻をできるかぎり人間らしくふるまわせようとするが、妻は、徐々に人間の習慣を失って、野性化していき、ついには、夫の手に負えなくなって、森のなかへ逃がしてやる。そこで、雄狐と出逢って、五匹の子狐をもうける。森のなかでかれらと遭遇したテブリック氏は、時間をかけて、ようやく、深い悲嘆と身を焦がすような嫉妬の念に打ち克って、雌狐とその子どもたちを心から愛するようになる。

相手を愛するためには、相手と同化しなければならない。そこで、テブリック氏は、おしまいには狐のように四つんばいで這うようにさえなるのだ。

すぐれた英文学者・批評家であった福田恆存の言うように、テブリック氏は「一匹の雌狐を愛しているのであって、それを通じて以前は人間であった妻を愛しているのではない」(『西欧作家論』)。

雑木林のなかを散歩している途中で、妻が突然、狐に変身するというのは、単なる荒唐無稽な寓話ではない。アメリカでベストセラーになった著書によれば、男性は火星(Mars)から来ており、女性は金星(Venus)から来ていて、それぞれ異なる宇宙人であるため、両者間には絶対に越えられない断絶がある。これを夫婦のレベルで言い替えれば、夫にとって妻は、極限概念としての狐であり、その逆もまた真である。(ここで、われわれは、カフカの『変身』における人間疎外のことも想起しないではいられない。)

福田恆存によれば、『狐になった奥様』において、ガーネットは、「ひとを愛することのいかに難事であるかを、さらにそれがほとんど不可能であることを前提としたうえで、かつ愛しぬこうとする激しい意志を語ろうとしているのだ。いや、そういってはならぬので、そこには愛そうとする意志が〈物語られている〉のではなく、愛そうとする意志がこの作品を〈物語っている〉のにほかならぬ」のである。

物語の終わりの部分で、狐になった妻が猟犬の群れに追われて、疲れきってテブリック氏の屋敷まで逃げてきて、ついにテブリック氏の胸に抱かれたまま猟犬の群れに嚙み殺されるまでの淡々とした描写には、張り詰めた緊迫感と無限の悲哀がある。

なお、この作品は、一九三九年にアンドレ・ハワーズの演出によって、イギリスでもっともプレスティージの高いランベール・バレエ団のために超現実主義的なバレエとして改作された。そして、二〇〇六年のマーク・ボールドウィン演出の同バレエ団設立八十年記念のバレエでは、シルヴィアの飽くなき自由への戦いが強調されている、とガーディアン紙は伝えている。

この小説は、ほかにも結婚に関する政治的なアレゴリーとか、女性のセクシャリティーに関する寓話とか、ガーネットのむかしの愛人へのラブレターとかの読みも可能である。

かれの初期の作品は、本訳書でも利用した、一九四〇年に乳ガンで死亡した最初の妻

「レイ」こと、レイチェル・マーシャルの木版画で飾られている。

翻訳の底本には、シャトー＆ウィンダス社の *Lady into Fox & A Man in the Zoo* (1967)を使用した。

末筆ながら、岩波書店の塩尻親雄氏には、企画の当初から出版にいたる全過程において、懇切なご配慮をいただいた。ありがたくお礼を申しあげる。

二〇〇七年四月　窓外のカエデの若葉のあえかなワイン色を愛《め》でながら

安藤貞雄

狐《きつね》になった奥様《おくさま》　ガーネット作

2007年6月15日　第1刷発行

訳　者　安藤貞雄《あんどうさだお》

発行者　山口昭男

発行所　株式会社　岩波書店
〒101-8002　東京都千代田区一ツ橋2-5-5

案内 03-5210-4000　販売部 03-5210-4111
文庫編集部 03-5210-4051
http://www.iwanami.co.jp/

印刷・理想社　カバー・精興社　製本・桂川製本

ISBN 978-4-00-322971-2　Printed in Japan

読書子に寄す

――岩波文庫発刊に際して――

岩波茂雄

真理は万人によって求められることを自ら欲し、芸術は万人によって愛されることを自ら望む。かつては民を愚昧ならしめるために学芸が最も狭き堂宇に閉鎖されたことがあった。今や知識と美とを特権階級の独占より奪い返すことはつねに進取的なる民衆の切実なる要求である。岩波文庫はこの要求に応じそれに励まされて生まれた。それは生命ある不朽の書を少数者の書斎と研究室とより解放して街頭にくまなく立たしめ民衆に伍せしめるであろう。近時大量生産予約出版の流行を見る。その広告宣伝の狂態はしばらくおくも、後代にのこすと誇称する全集がその編集に万全の用意をなしたるか。千古の典籍の翻訳企図に敬虔の態度を欠かざりしか。さらに分売を許さず読者を繋縛して数十冊を強うるがごとき、はたしてその揚言する学芸解放のゆえんなりや。吾人は天下の名士の声に和してこれを推挙するに躊躇するものである。このときにあたって、岩波書店は自己の責務のいよいよ重大なるを思い、従来の方針の徹底を期するため、すでに十数年以前より志して来た計画を慎重審議この際断然実行することにした。吾人は範をかのレクラム文庫にとり、古今東西にわたって文芸・哲学・社会科学・自然科学等種類のいかんを問わず、いやしくも万人の必読すべき真に古典的価値ある書をきわめて簡易なる形式において逐次刊行し、あらゆる人間に須要なる生活向上の資料、生活批判の原理を提供せんと欲する。この文庫は予約出版の方法を排したるがゆえに、読者は自己の欲する時に自己の欲する書物を各個に自由に選択することができる。携帯に便にして価格の低きを最主とするがゆえに、外観を顧みざるも内容に至っては厳選最も力を尽くし、従来の岩波出版物の特色をますます発揮せしめようとする。この計画たるや世間の一時の投機的なるものと異なり、永遠の事業として吾人は微力を傾倒し、あらゆる犠牲を忍んで今後永久に継続発展せしめ、もって文庫の使命を遺憾なく果たさしめることを期する。芸術を愛し知識を求むる士の自ら進んでこの挙に参加し、希望と忠言とを寄せられることは吾人の熱望するところである。その性質上経済的には最も困難多きこの事業にあえて当たらんとする吾人の志を諒として、その達成のため世の読書子とのうるわしき共同を期待する。

昭和二年七月

《イギリス文学》

ユートピア　トマス・モア　平井正穂訳
完訳カンタベリー物語　全三冊　チョーサー　桝井迪夫訳
ヴェニスの商人　シェイクスピア　中野好夫訳
ジュリアス・シーザー　シェイクスピア　中野好夫訳
お気に召すまま　シェイクスピア　阿部知二訳
十二夜　シェイクスピア　小津次郎訳
ハムレット　シェイクスピア　野島秀勝訳
オセロウ　シェイクスピア　菅泰男訳
リア王　シェイクスピア　野島秀勝訳
マクベス　シェイクスピア　木下順二訳
ソネット集　シェイクスピア　高松雄一訳
ロミオとジューリエット　シェイクスピア　平井正穂訳
リチャード三世　シェイクスピア　木下順二訳
対訳シェイクスピア詩集　―イギリス詩人選(1)―　柴田稔彦編
失楽園　全二冊　ミルトン　平井正穂訳
ロビンソン・クルーソー　全二冊　デフォー　平井正穂訳

モル・フランダーズ　全二冊　デフォー　伊澤龍雄訳
桶物語・書物戦争　他一篇　スウィフト　深町弘三訳
奴婢訓　スウィフト　深町弘三訳
ガリヴァー旅行記　スウィフト　平井正穂訳
墓畔の哀歌　グレイ　福原麟太郎訳
トリストラム・シャンディ　全三冊　ロレンス・スターン　朱牟田夏雄訳
海賊　バイロン　太田三郎訳
対訳ブレイク詩集　―イギリス詩人選(4)―　松島正一編
ワーズワース詩集　田部重治選訳
キプリング短篇集　橋本槇矩編訳
対訳コウルリッジ詩集　―イギリス詩人選(7)―　上島建吉編
高慢と偏見　全二冊　ジェーン・オースティン　富田彬訳
説きふせられて　ジェーン・オースティン　富田彬訳
エマ　全二冊　ジェーン・オースティン　工藤政司訳
ジェイン・オースティンの手紙　新井潤美編訳
中世騎士物語　ブルフィンチ　野上弥生子訳
イノック・アーデン　テニスン　入江直祐訳

対訳テニスン詩集　―イギリス詩人選(5)―　西前美巳編
虚栄の市　全四冊　サッカリー　中島賢二訳
床屋コックスの日記・馬丁粋語録　サッカレ　平井程一訳
デイヴィッド・コパフィールド　全五冊　ディケンズ　石塚裕子訳
ディケンズ短篇集　小池滋　石塚裕子訳
オリヴァ・ツウィスト　全二冊　ディケンズ　本多季子訳
ボズのスケッチ　全二冊　ディケンズ　藤岡啓介訳
アメリカ紀行　全二冊　ディケンズ　伊藤弘之　下笠徳次　隈元貞広　訳
鎖を解かれたプロメテウス　シェリー　石川重俊訳
アイルランド　―歴史と風土―　オフェイロン　橋本槇矩訳
ジェイン・エア　全二冊　シャーロット・ブロンテ　遠藤寿子訳
嵐が丘　全二冊　エミリー・ブロンテ　河島弘美訳
クリスチナ・ロセッティ詩抄　入江直祐訳
エゴイスト　全二冊　メレディス　朱牟田夏雄訳
サイラス・マーナー　ジョージ・エリオット　土井治訳
アルプス登攀記　全二冊　ウィンパー　浦松佐美太郎訳
アンデス登攀記　全二冊　ウィンパー　大貫良夫訳

テス 全二冊 ハーディ 井上宗次・石田英二訳
ハーディ短篇集 井出弘之編訳
はるかな国 とおい昔 ハドソン 寿岳しづ訳
宝島 スティーヴンスン 阿部知二訳
ジーキル博士とハイド氏 スティーヴンスン 海保眞夫訳
旅は驢馬をつれて 他一篇 スティヴンソン 吉田健一訳
怪談 —不思議なことの物語と研究 ラフカディオ・ハーン 平井呈一訳
心 —日本の内面生活の暗示と影響 ラフカディオ・ハーン 平井呈一訳
東の国から 全二冊 —新しい日本における幻想と研究 ラフカディオ・ヘルン 平井呈一訳
サロメ オスカー・ワイルド 福田恆存訳
ウィンダミア卿夫人の扇 ワイルド 厨川圭子訳
ヘンリ・ライクロフトの私記 ギッシング 平井正穂訳
短篇集 蜘蛛の巣の家 全二冊 ギッシング 吉田甲子太郎訳
闇の奥 コンラッド 中野好夫訳
密偵 コンラッド 土岐恒二訳
西欧人の眼に 全二冊 コンラッド作 中島賢二訳
コンラッド短篇集 中島賢二編訳

二人の女の物語 全三冊 アーノルド・ベネット 小山東一訳
月と六ペンス モーム 行方昭夫訳
読書案内 —世界文学 W・S・モーム 西川正身訳
世界の十大小説 全二冊 W・S・モーム 西川正身訳
人間の絆 全三冊 モーム 行方昭夫訳
ダブリンの市民 ジョイス 結城英雄訳
マンスフィールド短篇集 幸福・園遊会 他十七篇 崎山正毅・伊沢龍雄訳
文芸批評論 T・S・エリオット 矢本貞幹訳
恋愛対位法 全二冊 ハックスリ 朱牟田夏雄訳
悪口学校 シェリダン 菅泰男訳
カタロニア讃歌 ジョージ・オーウェル 都築忠七訳
対訳キーツ詩集 —イギリス詩人選(10) 宮崎雄行編
キーツ書簡集 佐藤清選訳
ギャスケル短篇集 松岡光治編訳
20世紀イギリス短篇選 全二冊 小野寺健編訳
オルノーコ・美しい浮気女 アフラ・ベイン 土井治訳
ローソン短篇集 伊澤龍雄編訳

イギリス名詩選 平井正穂編
タイム・マシン H・G・ウエルズ 橋本槇矩訳
透明人間 H・G・ウエルズ 橋本槇矩訳
解放された世界 H・G・ウエルズ作 浜野輝訳
大転落 イヴリン・ウォー 富山太佳夫訳
果てしなき旅 全二冊 E・M・フォースター 高橋和久訳
夢の女・恐怖のベッド 他六篇 ウィルキー・コリンズ 中島賢二訳
さらば古きものよ 全二冊 ロバート・グレーヴズ 工藤政司訳
ピーター・シムプル 全三冊 マリアット 伊藤俊男訳
完訳ナンセンスの絵本 エドワード・リア 柳瀬尚紀訳
対訳ブラウニング詩集 —イギリス詩人選(6) 富士川義之編
灯台へ ヴァージニア・ウルフ 御輿哲也訳
世の習い コングリーヴ 笹山隆訳
曖昧の七つの型 全二冊 ウィリアム・エンプソン 岩崎宗治訳

《アメリカ文学》

フランクリン自伝 松本慎一・西川正身訳
アルハンブラ物語 全二冊 アーヴィング 平沼孝之訳

ウォルター・スコット邸訪問記　アーヴィング　斎藤昇訳
完訳 緋文字　ホーソーン　八木敏雄訳
黒猫・モルグ街の殺人事件 他五篇　ポオ　中野好夫訳
対訳 ポー詩集 ―アメリカ詩人選(1)　加島祥造編
黄金虫・アッシャー家の崩壊 他九篇　ポオ　八木敏雄訳
森の生活（ウォールデン）　ソロー　飯田実訳
白鯨 全三冊　メルヴィル　八木敏雄訳
ビリー・バッド　メルヴィル　坂下昇訳
幽霊船 他一篇　メルヴィル　坂下昇訳
ホイットマン詩集 草の葉 全三冊　杉木喬 鍋島能弘 酒本雅之訳
ホイットマン自選日記 全二冊　杉木喬訳
対訳 ホイットマン詩集 ―アメリカ詩人選(2)　木島始編
対訳 ディキンソン詩集 ―アメリカ詩人選(3)　亀井俊介編
不思議な少年　マーク・トウェイン　中野好夫訳
王子と乞食　マーク・トウェーン　村岡花子訳
人間とは何か　マーク・トウェイン　中野好夫訳
ハックルベリー・フィンの冒険 全二冊　マーク・トウェイン　西田実訳

新編 悪魔の辞典　ビアス　西川正身編訳
ねじの回転 デイジー・ミラー　ヘンリー・ジェイムズ　行方昭夫訳
赤い武功章 他三篇　クレイン　西田実訳
本町通り 全三冊　シンクレア・ルイス　斎藤忠利訳
熊 他三篇　フォークナー　加島祥造訳
喪服の似合うエレクトラ　オニール　清野暢一郎訳
日はまた昇る　ヘミングウェイ　谷口陸男訳
ヘミングウェイ短篇集 全二冊　谷口陸男編訳
オー・ヘンリー傑作選　大津栄一郎訳
フィッツジェラルド短篇集　佐伯泰樹編訳
アメリカ名詩選　亀井俊介 川本皓嗣編
20世紀アメリカ短篇選 全二冊　大津栄一郎編訳
開拓者たち　クーパー　村山淳彦訳

《ドイツ文学》

ニーベルンゲンの歌 全二冊　相良守峯訳
賢人ナータン　レッシング　篠田英雄訳
ミンナ・フォン・バルンヘルム　レッシング　小宮曠三訳
若きウェルテルの悩み　ゲーテ　竹山道雄訳
ヴィルヘルム・マイスターの修業時代 全三冊　ゲーテ作　山崎章甫訳
ウィルヘルム・マイスターの遍歴時代 全三冊　ゲーテ　山崎章甫訳
イタリア紀行 全三冊　ゲーテ　相良守峯訳
ファウスト 全二冊　ゲーテ　相良守峯訳
ゲーテとの対話 全三冊　エッカーマン　山下肇訳
美と芸術の理論 —カリアス書簡　シラー　草薙正夫訳
スペインの太子ドン・カルロス　シルレル　佐藤通次訳
ヴァレンシュタイン　シラー　濱川祥枝訳
ヘルダーリン詩集　川村二郎訳
青い花　ノヴァーリス　青山隆夫訳
完訳グリム童話集 全五冊　金田鬼一訳
水妖記（ウンディーネ）　フーケー　柴田治三郎訳

O侯爵夫人 他六篇　クライスト　相良守峯訳
影をなくした男　シャミッソー　池内紀訳
ドイツ古典哲学の本質　ハイネ　伊東勉訳
ロマンツェーロー 全二冊　ハイネ　井汲越次訳
森の小道・二人の姉妹　シュティフター　山崎章甫訳
男やもめ 他一篇　シュティフター　加藤一郎訳
ザッフォオ　グリルパルツェル　実吉捷郎訳
みずうみ 他四篇　シュトルム　関泰祐訳
地霊・パンドラの箱 —ルル二部作　F・ヴェデキント　岩淵達治訳
トオマス・マン短篇集　実吉捷郎訳
魔の山 全二冊　トーマス・マン　関泰祐・望月市恵訳
トニオ・クレエゲル　トオマス・マン　実吉捷郎訳
ヴェニスに死す　トオマス・マン　実吉捷郎訳
講演集ドイツとドイツ人 他五篇　トーマス・マン　青木順三訳
ゲーテとトルストイ　トーマス・マン　山崎章甫・高橋重臣訳
車輪の下　ヘルマン・ヘッセ　実吉捷郎訳
デミアン　ヘルマン・ヘッセ　実吉捷郎訳

マリー・アントワネット 全二冊　シュテファン・ツワイク　高橋禎二・秋山英夫訳
変身・断食芸人　カフカ　山下肇・山下萬里訳
審判　カフカ　辻瑆訳
カフカ短篇集　池内紀編訳
カフカ寓話集　池内紀編訳
三文オペラ　ブレヒト　岩淵達治訳
肝っ玉おっ母とその子どもたち　ブレヒト　岩淵達治訳
短篇集死神とのインタヴュー　ノサック　神品芳夫訳
雀横丁年代記　ラーベ　伊藤武雄訳
ドイツ名詩選　生野幸吉・檜山哲彦編
蝶の生活　シュナック　岡田朝雄訳
果てしなき逃走　ヨーゼフ・ロート　平田達治訳
暴力批判論 他十篇 —ベンヤミンの仕事1　ベンヤミン　野村修編訳
ボードレール 他五篇 —ベンヤミンの仕事2　ベンヤミン　野村修編訳
メルヒェン集盗賊の森の一夜　ハウフ　池田香代子訳
罪なき罪 —エフィ・ブリースト 全二冊　フォンターネ　加藤一郎訳
迷路　フォンターネ　伊藤武雄訳

ヴォイツェク・ダントンの死・レンツ　ビューヒナー　岩淵達治訳

《フランス文学》

日月両世界旅行記　シラノ・ド・ベルジュラック　赤木昭三訳
嘘つき男・舞台は夢　コルネイユ　岩瀬孝・井村順一訳
ラ・ロシュフコー箴言集　二宮フサ訳
フェードル・アンドロマック　ラシーヌ　渡辺守章訳
タルチュフ　モリエール　鈴木力衛訳
ドン・ジュアン —石像の宴　モリエール　鈴木力衛訳
孤客（ミザントロオプ）　モリエール　辰野隆訳
いやいやながら医者にされ　モリエール　鈴木力衛訳
守銭奴　モリエール　鈴木力衛訳
完訳 ペロー童話集　新倉朗子訳
クレーヴの奥方 他二篇　ラファイエット夫人　生島遼一訳
カンディード 他五篇　ヴォルテール　植田祐次訳
哲学書簡　ヴォルテール　林達夫訳
マノン・レスコー　アベ・プレヴォ　河盛好蔵訳
ジル・ブラース物語 全四冊　ル・サージュ　杉捷夫訳

危険な関係 全二冊　ラクロ　伊吹武彦訳
美味礼讃 全二冊　ブリア・サヴァラン　関根秀雄・戸部松実訳
アドルフ　コンスタン　大塚幸男訳
赤と黒 全二冊　スタンダール　桑原武夫・生島遼一訳
パルムの僧院 全二冊　スタンダール　生島遼一訳
谷間のゆり　バルザック　宮崎嶺雄訳
ゴリオ爺さん 全二冊　バルザック　高山鉄男訳
レ・ミゼラブル 全四冊　ユーゴー　豊島与志雄訳
死刑囚最後の日　ユーゴー　豊島与志雄訳
モンテ・クリスト伯 全七冊　アレクサンドル・デュマ　山内義雄訳
三銃士 全二冊　デュマ　生島遼一訳
カルメン　メリメ　杉捷夫訳
メリメ怪奇小説選　杉捷夫編訳
愛の妖精（プチット・ファデット）　ジョルジュ・サンド　宮崎嶺雄訳
フランス田園伝説集　ジョルジュ・サンド　篠田知和基訳
笛師のむれ 全二冊　ジョルジュ・サンド　宮崎嶺雄訳
戯れに恋はすまじ　ミュッセ　進藤誠一訳

ボオドレール 悪の華　鈴木信太郎訳
ボヴァリー夫人 全二冊　フローベール　伊吹武彦訳
椿姫　デュマ・フィス　吉村正一郎訳
リイルアダン短篇集 全二冊　辰野隆選
陽気なタルタラン —タルタラン・ド・タラスコン　ドーデー　小川泰一訳
シルヴェストル・ボナールの罪　アナトール・フランス　伊吹武彦訳
テレーズ・ラカン 全二冊　エミール・ゾラ　小林正訳
ジェルミナール 全三冊　エミール・ゾラ　安士正夫訳
大地 全三冊　エミール・ゾラ　田辺貞之助・河内清訳
制作 全二冊　エミール・ゾラ　清水正和訳
氷島の漁夫　ピエール・ロチ　吉氷清訳
マラルメ詩集　鈴木信太郎訳
ノア・ノア　ポール・ゴーガン　前川堅市訳
脂肪のかたまり　モーパッサン　高山鉄男訳
モーパッサン短篇選　高山鉄男編訳
地獄の季節　ランボオ　小林秀雄訳
にんじん　ルナアル　岸田国士訳

モントリオル 全二冊	モーパッサン	杉 捷夫訳
ジャン・クリストフ 全四冊	ロマン・ローラン	豊島与志雄訳
トルストイの生涯	ロマン・ロラン	蛯原徳夫訳
ベートーヴェンの生涯	ロマン・ロラン	片山敏彦訳
狭き門	アンドレ・ジイド	川口 篤訳
法王庁の抜け穴	アンドレ・ジイド	石川 淳訳
レオナルド・ダ・ヴィンチの方法	ポール・ヴァレリー	山田九朗訳
ムッシュー・テスト	ポール・ヴァレリー	清水 徹訳
シラノ・ド・ベルジュラック	ロスタン	辰野隆・鈴木信太郎訳
海の沈黙・星への歩み	ヴェルコール	河野与一・加藤周一訳
恐るべき子供たち	コクトー	鈴木力衛訳
地底旅行	ジュール・ヴェルヌ	朝比奈弘治訳
八十日間世界一周	ジュール・ヴェルヌ	鈴木啓二訳
プロヴァンスの少女（ミレイユ）	ミストラル	杉冨士雄訳
結婚十五の歓び		新倉俊一訳
歌物語 オーカッサンとニコレット		川本茂雄訳
キャピテン・フラカス 全三冊	ゴーティエ	田辺貞之助訳

モーパン嬢 全二冊	ゴーティエ	井村実名子訳
家なき娘（アンファミーユ） 全二冊	エクトル・マロ	津田 穣訳
オランダ・ベルギー絵画紀行—昔日の巨匠たち 全二冊	フロマンタン	高橋裕子訳
牝猫	コレット	工藤庸子訳
シェリ	コレット	工藤庸子訳
フランス短篇傑作選		山田 稔編訳
シュルレアリスム宣言・溶ける魚	アンドレ・ブルトン	巖谷國士訳
ナジャ	アンドレ・ブルトン	巖谷國士訳
嘘 全二冊	ブールジェ	内藤 濯訳
フランス名詩選		安藤元雄・入沢康夫・渋沢孝輔編
グラン・モーヌ	アラン＝フルニエ	天沢退二郎訳
狐物語		鈴木覺・福本直之・原野昇訳
繻子の靴 全二冊	ポール・クローデル	渡辺守章訳
幼なごころ	ヴァレリー・ラルボー	岩崎 力訳
心変わり	ミシェル・ビュトール	清水 徹訳

《別冊》

増補 フランス文学案内	渡辺一夫・鈴木力衛
新版 ロシア文学案内	藤沼貴・小野理子・安岡治子
増補 ドイツ文学案内	手塚富雄・神品芳夫
ギリシア・ローマ古典文学案内	高津春繁・斎藤忍随
ことばの花束—岩波文庫の名句365	岩波文庫編集部編
ことばの贈物—岩波文庫の名句365	岩波文庫編集部編
ことばの饗宴—読者が選んだ岩波文庫の名句365	岩波文庫編集部編
愛のことば—岩波文庫から	岩波文庫編集部編
原文対照 古典のことば—岩波文庫から	岩波文庫編集部編
岩波文庫解説総目録 1927〜1996 全三冊	岩波文庫編集部編
読書のすすめ	岩波文庫編集部編
世界文学のすすめ	大岡・奥本・川村・小池・沼野編
近代日本文学のすすめ	大岡・加賀・菅野・曾根・十川編
近代日本思想案内	鹿野政直
読書のたのしみ	岩波文庫編集部編

《歴史・地理》

新訂 魏志倭人伝・後漢書倭伝・宋書倭国伝・隋書倭国伝 —中国正史日本伝1　石原道博編訳
新訂 旧唐書倭国日本伝・宋史日本伝・元史日本伝 —中国正史日本伝2　石原道博編訳
ヘロドトス 歴史 全三冊　松平千秋訳
ガリア戦記　カエサル　近山金次訳
タキトゥス ゲルマーニア　泉井久之助訳註
タキトゥス 年代記 全二冊　国原吉之助訳
元朝秘史 全二冊　小澤重男訳
政治問答 他一篇　ランケ　相原信作訳
古代への情熱 —シュリーマン自伝　シュリーマン　村田数之亮訳
ハリス 日本滞在記 全三冊　坂田精一訳
一外交官の見た明治維新 全二冊　アーネスト・サトウ　坂田精一訳
ベルツの日記 全二冊　トク・ベルツ編　菅沼竜太郎訳
インディアスの破壊についての簡潔な報告　ラス・カサス　染田秀藤訳
コロンブス航海誌　林屋永吉訳
偉大なる道 —朱徳の生涯とその時代 全二冊　アグネス・スメドレー　阿部知二訳
洞窟絵画から連載漫画へ —人間コミュニケーションの万華鏡　ホグベン　寿岳文章・林達夫・平田寛・南博訳
魔女 全二冊　ミシュレ　篠田浩一郎訳
クリオの顔 —歴史随想集　E・H・ノーマン　大窪愿二編訳
ある歴史家の生い立ち —古史辨自序　顧頡剛　平岡武夫訳
インカの反乱 —被征服者の声　ティトゥ・クシ・ユパンギ述　染田秀藤訳
三国史記倭人伝 他六篇 —朝鮮正史日本伝1　佐伯有清編訳
紫禁城の黄昏　R・F・ジョンストン　入江曜子・春名徹訳
大地と人類の進化 —歴史への地理学的序論 全二冊　フェーヴル　飯塚浩二・田辺裕訳
シルクロード 全二冊　ヘディン　福田宏年訳
さまよえる湖 全二冊　ヘディン　福田宏年訳
十八世紀パリ生活誌 —タブロー・ド・パリ 全二冊　メルシエ　原宏編訳
北槎聞略 —大黒屋光太夫ロシア漂流記　桂川甫周　亀井高孝校訂
ヨーロッパ文化と日本文化　ルイス・フロイス　岡田章雄訳注
ギリシア案内記 全二冊　パウサニアス　馬場恵二訳
十八世紀ヨーロッパ監獄事情　ジョン・ハワード　川北稔・森本真美訳
東京に暮す —一九二八〜一九三六　キャサリン・サンソム　大久保美春訳
増補 幕末百話　篠田鉱造
明治百話 全二冊　篠田鉱造
日本中世の村落　清水三男　大山喬平・馬田綾子校注
トゥバ紀行　メンヒェン＝ヘルフェン　田中克彦訳
ガレー船徒刑囚の回想　ジャン・マルテーユ　木崎喜代治訳
日本アルプスの登山と探検　ウェストン　青木枝朗訳
ある出稼石工の回想　マルタン・ナド　喜安朗訳
西洋事物起原 全四冊　ヨハン・ベックマン　特許庁内技術史研究会訳
植物巡礼 —プラント・ハンターの回想　F・キングドン－ウォード　塚谷裕一訳
ツアンポー峡谷の謎　F・キングドン－ウォード　金子民雄訳
歴史序説 全四冊　イブン＝ハルドゥーン　森本公誠訳
ムガル帝国誌 全二冊　ベルニエ　関美奈子・倉田信子訳
アレクサンドロス大王東征記 全二冊　アッリアノス　大牟田章訳
雍州府志 —近世京都案内 全二冊　黒川道祐　宗政五十緒校訂
クック 太平洋探検 全六巻　増田義郎訳
高麗史日本伝 —朝鮮正史日本伝2 全二巻　武田幸男編訳
シエサ・デ・レオン インカ帝国史　増田義郎訳
インカ皇統記 全四巻　インカ・ガルシラーソ・デ・ラ・ベーガ　牛島信明訳

《東洋文学》

王維詩集　小川環樹・都留春雄・入谷仙介 選訳
杜詩 全八冊　鈴木虎雄・黒川洋一 訳註
杜甫詩選　黒川洋一 編
李白詩選　松浦友久 編訳
蘇東坡詩選　小川環樹・山本和義 選訳
陶淵明全集 全二冊　松枝茂夫・和田武司 訳注
唐詩選 全三冊　前野直彬 注解
完訳 三国志 全八冊　小川環樹・金田純一郎 訳
金瓶梅 全十冊　小野忍・千田九一 訳
完訳 水滸伝 全十冊　吉川幸次郎・清水茂 訳
紅楼夢 全十二冊　曹雪芹・高蘭墅補　松枝茂夫 訳
西遊記 全十冊　中野美代子 訳
杜牧詩選　松浦友久・植木久行 編訳
菜根譚　洪自誠　今井宇三郎 訳注
野草　魯迅　竹内好 訳
阿Q正伝・狂人日記 他十二篇　魯迅　竹内好 訳
朝花夕拾　魯迅　松枝茂夫 訳
中国名詩選 全三冊　松枝茂夫 編
通俗古今奇観 ―付月下清談　淡斎主人　青木正児 校註
結婚狂詩曲（囲城） 全二冊　銭鍾書　荒井健・中島長文・中島みどり 訳
唐宋伝奇集 全二冊　今村与志雄 訳
聊斎志異 全二冊　蒲松齢　立間祥介 編訳
シャクンタラー姫　カーリダーサ　辻直四郎 訳
公女マーラヴィカーとアグニミトラ王 他一篇　カーリダーサ　大地原豊 訳
バガヴァッド・ギーター　上村勝彦 訳
朝鮮童謡選　金素雲 訳編
朝鮮詩集　金素雲 訳編
アイヌ神謡集　知里幸恵 編訳
サキャ格言集　今枝由郎 訳

《ギリシア・ラテン文学》

ホメロス イリアス 全二冊　松平千秋 訳
ホメロス オデュッセイア 全二冊　松平千秋 訳
イソップ寓話集　イソップ　中務哲郎 訳
アイスキュロス アガメムノーン　久保正彰 訳
アンティゴネー　ソポクレース　呉茂一 訳
ソポクレス オイディプス王　藤沢令夫 訳
ヒッポリュトス ―パイドラーの恋　エウリーピデース　松平千秋 訳
タウリケーのイーピゲネイア　エウリーピデース　久保田忠利 訳
ヘシオドス 神統記　廣川洋一 訳
アポロドーロス ギリシア神話　高津春繁 訳
ダフニスとクロエー　ロンゴス　松平千秋 訳
オウィディウス 変身物語 全二冊　中村善也 訳
サテュリコン ―古代ローマの諷刺小説　ペトロニウス　国原吉之助 訳
ギリシア・ローマ名言集　柳沼重剛 編
ギリシア恋愛小曲集　中務哲郎 訳
ギリシア・ローマ神話 ―付 インド・北欧神話　ブルフィンチ　野上弥生子 訳

《南北ヨーロッパ他文学》

ダンテ 神曲 全三冊　山川丙三郎 訳
デカメロン ―十日物語 全六冊　ボッカチオ　野上素一 訳
パロマー　カルヴィーノ　和田忠彦 訳

- 愛神の戯れ —牧歌劇『アミンタ』　トルクァート・タッソ　鷲平京子訳
- 無関心な人びと 全二冊　モラーヴィア　河島英昭訳
- 故郷　パヴェーゼ　河島英昭訳
- 美しい夏　パヴェーゼ　河島英昭訳
- シチリアでの会話　ヴィットリーニ　鷲平京子訳
- ラサリーリョ・デ・トルメスの生涯　会田由訳
- ドン・キホーテ 全六冊　セルバンテス　牛島信明訳
- 人の世は夢・サラメアの村長　カルデロン　高橋正武訳
- 緑の瞳・月影 他十二篇　ベッケル　高橋正武訳
- エル・シードの歌　長南実訳
- プラテーロとわたし　J・R・ヒメーネス　長南実訳
- 完訳アンデルセン童話集 全七冊　大畑末吉訳
- 即興詩人 全二冊　アンデルセン　大畑末吉訳
- 絵のない絵本　アンデルセン　大畑末吉訳
- アンデルセン自伝　大畑末吉訳
- イプセン人形の家　原千代海訳
- 民衆の敵　イプセン　竹山道雄訳

- イプセン野鴨　原千代海訳
- イプセン幽霊　原千代海訳
- イプセンヘッダ・ガーブレル　原千代海訳
- ポルトガリヤの皇帝さん　ラーゲルレーヴ　イシガオサム訳
- 巫女　ラーゲルクヴィスト　山下泰文訳
- クォ・ワディス 全三冊　シェンキェーヴィチ　木村彰一訳
- 山椒魚戦争　カレル・チャペック　栗栖継訳
- ロボット（R・U・R）　チャペック　千野栄一訳
- オルトタイハンガリー民話集　徳永康元・石本礼子・岩崎悦子・粂栄美子編訳
- 尼僧ヨアンナ　イヴァシュキェヴィッチ　関口時正訳
- 灰とダイヤモンド 全二冊　アンジェイェフスキ　川上洸訳
- 完訳千一夜物語 全十三冊　豊島与志雄・渡辺一夫・佐藤正彰・岡部正孝訳
- ルバイヤート　オマル・ハイヤーム　小川亮作訳
- ゴレスターン　サァディー　沢英三訳
- アブー・ヌワースアラブ飲酒詩選　塙治夫編訳
- 王書 —古代ペルシャの神話・伝説　フェルドウスィー作　岡田恵美子訳
- 伝奇集　J・L・ボルヘス　鼓直訳

- アフリカ農場物語 全二冊　オリーヴ・シュライナー　大井真理子・都築忠七訳

《ロシア文学》

- パナーエフ文学的回想　井上満訳
- オネーギン　プーシキン　池田健太郎訳
- スペードの女王・ベールキン物語　プーシキン　神西清訳
- 大尉の娘　プーシキン　神西清訳
- 狂人日記 他二篇　ゴーゴリ　横田瑞穂訳
- 外套・鼻　ゴーゴリ　平井肇訳
- 死せる魂 全三冊　ゴーゴリ　平井肇・横田瑞穂訳
- ディカーニカ近郷夜話 全二冊　ゴーゴリ　平井肇訳
- 現代の英雄　レールモントフ　中村融訳
- 処女地　ツルゲーネフ　湯浅芳子訳
- ロシヤは誰に住みよいか　ネクラーソフ　谷耕平訳
- デカブリストの妻　ネクラーソフ　谷耕平訳
- 二重人格　ドストエフスキー　小沼文彦訳
- 罪と罰 全三冊　ドストエフスキー　江川卓訳
- 白痴 全二冊　ドストエーフスキイ　米川正夫訳

悪霊 全二冊 ドストエーフスキイ 米川正夫訳
未成年 全三冊 ドストエーフスキイ 米川正夫訳
カラマーゾフの兄弟 全四冊 ドストエーフスキイ 米川正夫訳
永遠の夫 ドストエーフスキイ 神西清訳
アンナ・カレーニナ 全三冊 トルストイ 中村融訳
少年時代 トルストイ 藤沼貴訳
戦争と平和 全六冊 トルストイ 藤沼貴訳
民話集 人はなんで生きるか 他四篇 トルストイ 中村白葉訳
民話集 イワンのばか 他八篇 トルストイ 中村白葉訳
イワン・イリッチの死 トルストイ 米川正夫訳
復活 全二冊 トルストイ 中村白葉訳
紅い花 他四篇 ガルシン 神西清訳
ワーニャおじさん チェーホフ 小野理子訳
可愛い女・犬を連れた奥さん 他一篇 チェーホフ 神西清訳
桜の園 チェーホフ 小野理子訳
ゴーリキー短篇集 上田進 横田瑞穂 訳編
どん底 ゴーリキイ 中村白葉訳

追憶 全二冊 ゴーリキイ 湯浅芳子訳
静かなドン 全八冊 ショーロホフ 横田瑞穂訳
ゴロヴリヨフ家の人々 全二冊 シチェードリン 湯浅芳子訳
何をなすべきか 全二冊 チェルヌイシェーフスキイ 金子幸彦訳
ロシア文学の理想と現実 全二冊 P・クロポトキン 高杉一郎訳
アファナーシエフ ロシア民話集 全二冊 中村喜和編訳
シベリア民話集 斎藤君子編訳
われら ザミャーチン 川端香男里訳
悪魔物語・運命の卵 ブルガーコフ ミハイル 水野忠夫訳

岩波文庫の最新刊

田山花袋

温泉めぐり

自然主義小説家田山花袋が全国の温泉を美辞麗句抜きで素朴に記す。風景・湯量・宿・人情――今日温泉を巡る者にもよき伴侶となる紀行文。（解説＝亀井俊介）〔緑二一-七〕定価八四〇円

ジョイス／大澤正佳訳

若い芸術家の肖像

若さゆえの道化ぶりを随所で演じてみせる主人公。ジョイスは一人の若者の成長過程を、巧みに文体をあやつりながら滑稽味もまじえて描き出した。（新訳）〔赤二五五-二〕定価九四五円

ガーネット／安藤貞雄訳

狐になった奥様

デブリック夫妻はいつものように散歩にでかけるが、突然、夫人が狐に変身してしまう。妻の変身に懸命に対応しようとする夫…。イギリスの作家ガーネットの代表作。〔赤二九七-一〕定価四八三円

和辻哲郎

人間の学としての倫理学

主著『倫理学』の方法論的序説。西洋の人間観を再構築し、人倫の体系としての倫理学という独自の道すじを提示。日本倫理学に革新をもたらした。（解説＝子安宣邦）〔青一四四-一三〕定価七三五円

……今月の重版再開……

高津春繁訳

ソポクレス　コロノスのオイディプス

定価三七八円〔赤一〇五-三〕

池内紀編訳

ホフマン短篇集

定価七三五円〔赤四一四-二〕

阿部謹也訳

ティル・オイレンシュピーゲルの愉快ないたずら

定価九四五円〔赤四五五-一〕

ルフェーヴル／高橋・柴田・遅塚訳

一七八九年――フランス革命序論

定価九〇三円〔青四七六-一〕

定価は消費税5％込です　　2007.6